MIGUEL E OS DEMÔNIOS

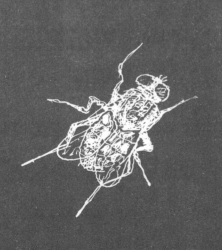

Lourenço Mutarelli

MIGUEL E OS DEMÔNIOS
ou Nas delícias da desgraça

*2ª reimpressão*

# 1

Tela branca.
Gargalhada.
— No começo era eu, minha mulher e minha filha...
Gargalhada.
A risada vai sendo abafada por um zunido.
Uma mosca.
Uma enorme mosca. Gorda. *Big close-up.*
A câmera se afasta, revelando a mosca que se debate contra o para-brisa.
Dezembro.
Calor.
Miguel está ao volante. Sério. Suando.
São Paulo.
A mosca se debate contra o vidro.
A mosca parece não perceber o que a detém.
Persiste.
Zunido.
Pedro repete o final da piada e ri:
— No começo, era eu, minha mulher e minha filha...
Pedro ri enquanto come Fandangos.
Mete a mão no pacote de salgadinhos.
O farfalhar do saco plástico.
O farfalhar e a mosca zunindo.
Ensurdecedor. Amplificado.
Pedro ri e mastiga Fandangos.
*Close* no rosto de Miguel suando.
Calor infernal. Dezembro. Interior de um Fiat Uno branco modelo 94. Rua Domingos de Morais, Vila Mariana. Fachadas se alternam. Pequenas lojas, pequenas portas, prédios comerciais e residenciais. Blocos de três ou quatro andares. Papai Noel por toda parte. Múltiplo. Ubíquo. Papai de plás-

tico, papai de gesso, papai de papelão. Postes e molduras cobertos de lampadinhas. Pisca-pisca.

Campana.

— Eu, minha mulher e minha filha.

Pedro ainda ri às gargalhadas da piada que ele mesmo conta enquanto come Fandangos. Farfalhar, zunido. Miguel bufa como se reclamasse do calor. Pedro procura se conter. A risada vai perdendo o ritmo.

— Ele não vai sair — Miguel desabafa enquanto limpa o suor com as mãos.

— Claro que vai. Nós vamos pegar esse cara!

Miguel é branco, tem quarenta anos, está acima do peso.

Pedro, de trinta e seis, é um negro forte.

Polícia Civil. Investigadores.

— É ele! — Pedro aponta.

Homem branco sai de um dos prédios. Aparenta mais de cinquenta, forte, veste camisa estampada para fora da calça. Avança em direção a um carro esporte, importado, japonês. Arranca.

— Vai! — grita Pedro.

Miguel, suando, tenta dar partida. O carro não pega.

— Merda!

Pedro desce e começa a empurrar o carro.

Quando ele desce, a mosca voa para fora.

Miguel também desce e ajuda a empurrar enquanto maneja o volante.

Um mendigo desdentado aponta para a cena e começa a gargalhar.

Gargalhada amplificada. Ensurdecedora.

*Close* na face do mendigo alucinado.

Vê-se a mosca pousar na cara do mendigo.

## II

Miguel destranca a porta do apartamento. Prédio velho, decadente. Uma ema empalhada decora o hall. Decora? Depois da porta ser aberta, ouve-se uma estrondosa gargalhada. Gargalhada rouca.
O velho está sentado diante da TV, gargalhando. Joaquim é o velho. Pai de Miguel. A mulher de Miguel ficou com o apartamento. O apartamento era pequeno. O filho de Miguel ficou com a mãe. O filho de Miguel era pequeno. Miguel não teve para onde ir. Voltou para a casa do papai. Joaquim.
Joaquim gargalha assistindo ao programa de televendas.
Miguel permanece de pé.
A porta entreaberta. Uma pequenina árvore de plástico sobre uma velha peça do mobiliário imita um pinheiro. Pisca, pisca.
Joaquim percebe Miguel.
— Venha ver, Miguel, venha ver...
Gargalha.
Dezembro. Noite quente. Pisca-pisca. O televisor exibe um casal de avental ralando cenouras. Joaquim não consegue parar de rir.
— Puta que o pariu! Miguel, você sabe o que é isso?
Miguel olha em silêncio para a tela. Sua.
— Puta que o pariu, Miguel! Eles estão fazendo flores de cenoura com essa porra desse ralador!
Gargalha.
— Flores de cenoura! Puta que o pariu! Sabe o que é isso, Miguel?
Miguel diz não saber, com a cabeça.
— Isso é o fim do mundo! Isso é o fim dos tempos!
Miguel dá de ombros, tenta um sorriso simpático.

Não consegue.

— Essa porra tá na Bíblia, Miguel!... É a porra do Apocalipse, Miguel! Só pode ser o Apocalipse!

Miguel sente uma fisgada no peito. Lembra da mãe. Lembra dos três, intermináveis, anos que ela lutou contra um câncer no intestino. Lá. Naquele mesmo apartamento. Lembra de todo aquele tempo em que seu pai nunca riu. Chorava escondido. Fingia ser forte. Miguel dirige a mão para a cabeça do pai. Tenta fazer um carinho. Não consegue. Miguel procura dizer que o compreende, mas não consegue. Miguel continua direcionando sua mão. Esforça-se, procura tocá-lo, mas há uma barreira que ele não consegue vencer. Quer beijar o pai. Quer dizer tantas coisas. Miguel luta contra os seus sentimentos. Como uma mosca contra um para-brisa.

III

Dia. Calor. Dezembro. Terreno próximo à Marginal Tietê. Viatura da Polícia Civil ao fundo.

Miguel e Pedro caminham pelo terreno. Seguem uns garotos. Local. Moscas. Miguel e Pedro chegam ao local.

Crime de autoria desconhecida.

Homem caucasiano. Corpo de bruços. A cabeça e as mãos foram enroladas com saco plástico e depois incendiadas. Coisas para dificultar o reconhecimento da vítima.

Moscas sobre o corpo.

— Quem encontrou o corpo? — pergunta Pedro.

— Fui eu, tio, tava indo pro campinho — diz um dos garotos.

Miguel examina o local.

Agacha-se.

Com um graveto revira o mato.

— Pelo cheiro, o presunto está aí há uns três dias — diz Pedro.

Miguel concorda, com a cabeça. Examina o cadáver. Parece em transe. Pedro vai para a viatura e aciona a central pelo rádio.

Sépia.
Terreno baldio. Imagem borrada, luz difusa. Lembrança. Um menino solitário brinca com um graveto. Miguel, menino. Detalhe da mão do menino erguendo o graveto para o céu. O graveto acompanha o percurso de aviões que passam. Esquadrilha da Fumaça. O menino tropeça em algo e cai. Percebe um cão vira-lata morto a seus pés. O menino se levanta e com o graveto cutuca, levemente, o cão.

— Miguel!

Miguel retorna do transe e percebe que faz o mesmo com a carcaça do homem. O plástico derretido encapa as mãos e a cabeça.

— A perícia já está a caminho.
— Me arruma um cigarro.
— Ué? Vai voltar a fumar, Miguel?

Miguel não responde. Permanece com a mão esticada no ar. Pedro entrega o cigarro. Miguel dá uma longa tragada, depois solta a fumaça.

Detalhe da fumaça subindo.


IV

Noite. Rua das Palmeiras. Santa Cecília. Miguel estaciona o Uno e buzina duas vezes. Um travesti que anda pela calçada olha para Miguel e sorri. Miguel desvia o olhar. Mais duas buzinadas. Sueli sai do prédio. Entra no carro, parece feliz. Beija Miguel.

— Você fumou?
Miguel finge sorrir.
— Você está bem?
— Tudo bem.
Sueli tem os cabelos armados, encaracolados, pintados. Já foi ruiva, morena, loira. Atualmente a cor é essa mistura, camada sobre camada. Híbrida. Os cabelos são emaranhados de forma antinatural. Lembram uma porção de Miojo Lámen. Miguel é quase um expert em Miojo. Consegue identificar na tintura os temperos de galinha caipira, carne e bacon. O rosto de Sueli aparenta mais de trinta anos difíceis. Longos, sofridos, emaranhados como seus cabelos. Sueli é manicura num salão que fica a poucas quadras de sua casa.
— E as meninas? — pergunta Miguel.
— Estão bem, dando trabalho como sempre. E seu filho? Tem notícias?
Enquanto fala, Sueli ajeita os cabelos de Miguel.
— Não.
— A Luana continua comendo os cantos das paredes. É horrível. O psicólogo falou que pode ser deficiência de ferro.
Miguel pega a Vinte e Três de Maio, depois a alça de acesso ao Paraíso. Entra numa pequena rua, Pedro Ivo, e sobe a rampa dos fundos do Shopping Paulista. Aperta o botão vermelho, retira o tíquete do estacionamento. A cancela se abre e ele roda em busca de uma vaga.
Sueli adora shopping center.
Temas natalinos em ritmo de música de videogame. Som ambiente. Sueli emperra diante de uma vitrine. Seu olhar é laçado por um vestido. Miguel procura ler a diminuta etiqueta presa ao vestido.
Detalhes do vestido, Miguel e Sueli invertidos no reflexo da vitrine. R$ 148. Talvez dê para comprar, calcula Miguel, até perceber o minúsculo 3: 3 × 148.

— O que é bom custa caro — explica Sueli.

Dezembro. Ar condicionado. Sueli faz seu pedido secreto ao bom velhinho.

Três de cento e quarenta e oito. Caralho!, pensa Miguel.

— Sabe que eu dei uma emagrecida? Estou vestindo manequim 40 — diz Sueli ao bom velhinho.

— São três parcelas de cento e quarenta e oito? É isso? Pode ser isso?

— Eu acho até que está barato. É de grife — elucida Sueli.

Miguel procura chegar ao resultado. R$ 148 × 3... Oito, dezesseis, vinte e quatro...

Vai um. Quatrocentos e quarenta e quatro reais. Trinta por cento de seu salário.

— Será que o Papai Noel vai achar que eu fui uma boa menina este ano?

Sueli reformula a questão:

— Eu fui uma boa menina? Ou não fui?

Miguel entende a malícia e finge sorrir.

Praça de alimentação. Lotada. Shopping lotado. Dezembro.

— Ai, acho que vou comer no japonês.

Sueli acha chique dizer dessa forma, "comer no japonês".

— E você? Vai querer a comidinha mineira?

Miguel pensa um pouco e resolve comer no mineiro.

Um Papai Noel estende um pirulito a Sueli. Ela pega e sorri feito criança. Feito a filha que come reboco.

V

Miguel entra na pequena garagem do Hotel Snoopy. Rua Rodrigues Alves. Um Snoopy meia-boca desenhado ao lado do neon que pisca, Snoopy... Snoopy... Snoopy...

Miguel está por baixo na cama redonda com lençóis cor-

-de-rosa esgarçados. Sueli cavalga Miguel e geme de forma ritmada. Coreografia.
Miguel exala um som abafado pela narina. Sueli finge gozar e se atira ao lado de Miguel.
O casal refletido no espelho do teto. Um triste afresco pagão.
— Gozou gostoso?
— Hum-hum — diz Miguel pela narina.
— Fui uma boa menina?
— Hum-hum.
— Sem creminho, hein? Entrou facinho...
Para Miguel isso já não faz diferença. De tanto uso, todo o corpo de Sueli lasseou.
Miguel fazia as unhas no salão em que Sueli trabalha. Sentia uma atração incontrolável por ela. Mas não conseguia exteriorizar seus sentimentos. Faltava coragem. Miguel é tímido. Miguel nunca se sente confortável. Para Miguel o mundo é como uma festa para a qual ele não foi convidado. Entrou pelos fundos.
— Você não parece bem, Mi, aconteceu alguma coisa?
— Não, não é nada.
— Eu te conheço, você não consegue mentir para mim. Fala pra mim, o que foi?
— Nada de mais. Foi só uma lembrança. Só uma coisa que voltou a minha lembrança.
— Conta pra mim.
— Eu lembrei de um cachorro que encontrei num campinho quando era garoto.
— O cachorro te mordeu?
— Não, ele estava morto.
— Credo, Miguel.
Afresco.

— O que você achou do vestido? É lindo, não é? Será que o Papai Noel vai trazer para mim?
Sueli sempre usou decote. Um dia, um dia sépia, enquanto fazia as unhas de Miguel, Sueli o surpreendeu mergulhado em seu decote. Os olhos vidrados, como um menino.
— Você mamou no peito?
Foi a primeira coisa que lhe perguntou o psiquiatra. Miguel teve que passar no médico.
Ninguém sabe disso. No meio policial, psiquiatra é coisa de veado. Coisa de homem que não é homem. Fraqueza. Miguel teve uns probleminhas. O médico, clínico geral, o encaminhou ao especialista. Miguel foi às escondidas.
— Você mamou no peito?
Miguel nunca mais voltou. Miguel não mamou no peito. Sua mãe era vaidosa, dizia que o peito era seco. Não queria deformá-lo na boca dos filhos.
Sueli percebeu Miguel esfomeado.
Sueli lhe deu de mamar quando estava amamentando a segunda filha. O olhar de Miguel fez com que o peito de Sueli secretasse leite. Eles saíram. Miguel era casado. Sua mulher nunca lhe ofereceu o leite que alimentou seu filho. Sueli e Miguel começaram um caso. Miguel ficou surpreso ao constatar como é doce o leite materno.
Certa vez, no drive-in, Sueli desenhou seus nomes no para-brisa embaçado pelo suor da trepada. Dias depois, Miguel, Rebeca, sua mulher, e Ivan, seu menino, estavam presos no trânsito. O calor dos corpos embaçou o vidro, revelando um enorme coração flechado.
Sueli e Miguel.
Foi o fim do casamento.

# VI

Miguel está na delegacia. Deveria estar digitando um relatório, mas está na paciência. "Spider Man" é como seus colegas de departamento o apelidaram. Miguel é viciado. O objetivo do jogo é mover todas as cartas das dez pilhas com o menor número de jogadas. Para remover as pilhas, é preciso ordená-las deslocando-as de uma coluna para outra, formando sequências do mesmo naipe. Do rei para o ás.

Pedro se aproxima e confidencia:

— Quer pegar um serviço por fora? É uma grana legal.

— O quê?

— Uns comerciantes... Vamos tomar um café na padoca.

Miguel segue Pedro. Atravessam a rua e caminham em silêncio até a padaria defronte à delegacia. Pedro vai para o canto do balcão.

— Fala, doutor — diz Ceará.

Ceará trabalha na padaria; apesar de ter nascido no Recife, ganhou esse apelido.

— Dois cafés.

Pedro continua a conversa:

— É um serviço rápido e a grana é boa.

— Pelo visto, não é para fazer segurança.

— De certa forma...

— Você disse que é coisa de comerciante.

— É, eles precisam de uma faxina... Higiene social.

— Garotos?

— Uma molecada que anda barbarizando.

Miguel arfa.

— Quanto?

— Nove paus.

— Para cada um?

— É isso aí.

— Quantos?
— Parece que são quatro.
— É pouco dinheiro.
— É jogo rápido.
— São menores?
— Três são, o outro não.
— O velho jogo.
— Os comerciantes são coreanos?
— Não, judeus e italianos.
— Eu não sei. Essa época é foda.
— É época de limpar as ruas, as pessoas querem gastar o que não têm.
— Eu tenho que comprar um vestido para a Sueli.
— Porra, Miguel, é só um serviço social.

VII

Miguel atravessa o pátio da delegacia. No estacionamento, entra no Uno. Osvaldo corre em sua direção. Bate no vidro. Miguel abre a porta e Osvaldo senta no banco do passageiro.
— Salve, Miguel, quase que eu não te pego.
Osvaldo tira da mochila um pacote malfeito com tema natalino e entrega a Miguel.
Miguel rasga o pacote. Quatro cortadores de unha em diferentes tamanhos numa bolsinha de plástico. Osvaldo é jornalista, repórter policial e escritor. Sempre traz uns mimos de R$ 1,99. Osvaldo quer escrever um romance policial. Conhece os tiras de quando cobre as matérias. Osvaldo precisa de histórias. Osvaldo adora ouvir relatos. Em troca, Osvaldo sempre oferta uma lenda ou uma pérola do conhecimento intelectual.
— Miguel, eu vou fazer um personagem com o seu nome, em sua homenagem.

— Não faça isso.

— Eu quero fazer uma coisa nova, revolucionária, estou com um puta argumento, mas quero entremear com fatos reais. Histórias absurdas, mas reais.

— Sei, você já tinha dito.

— Então. Me dá alguma coisa. Tem que ser real.

— Que tipo de coisa você quer?

— Histórias. Me conta uma história. Me conta um caso qualquer que te marcou pela estranheza, pelo incomum.

— Quando eu entrei para a polícia, eu trabalhei na Homicídios.

— Ótimo! É por aí! Eu quero o bizarro.

— Eu e um parceiro fomos chamados ao local.

— Crime de autoria desconhecida... — Osvaldo diz, enquanto anota num pequeno caderno Moleskine.

— O corpo estava de bruços.

— Pelado?

— Não, estava vestido.

— Mulher?

— Não, um cara.

— Velho?

— Perto dos trinta.

— Bem-vestido, branco?

— Branco. Jeans, tênis e moletom.

— Vai!

— Parecia inteiro, tinha apenas um pequeno foco de putrefação nas costas.

— Continua!

— Quando nós o viramos, seu rosto era uma massa escura.

— Massa escura?

— Baratas. Centenas delas.

— Tá brincando!?

— Ele já não tinha rosto. Gostou? Está feliz?

— É uma história formidável.
— Se você quiser histórias ainda mais bizarras, vá ao Hospital do Câncer ou à igreja.
— Não, é um policial o que estou escrevendo.
— Bem original.
— Realmente, essa história das baratas...
— Não, eu estou falando que é muito original essa sua ideia de romance policial.
— Ah! Entendi a ironia.
— É sua vez.
— Bom, eu pensei em te contar a história da origem do detergente. Conhece?
— A origem do detergente? Não, não faço a menor ideia.
— As lavadeiras dos primórdios perceberam que num determinado ponto do Nilo as roupas ficavam mais brancas e desengorduradas. Sabe por quê?
— Não.
— O motivo, que elas obviamente desconheciam assim como você, era que esse ponto onde elas costumavam lavar as roupas ficava bem na direção de um local sagrado onde se realizavam rituais de sacrifício humano. Ou seja, a gordura dos corpos escoava com as chuvas até aquele ponto do rio e virava o mais antigo detergente de que se tem notícia.
— Eu preciso ir.
— Não terminei. Sabia que os antigos romanos armazenavam urina, inclusive a urina dos escravos, para lavar as roupas?
— Essa doeu.
— Mas é verdade.
— Preciso ir.
— Vou te dar mais uma.
— Não precisa, já sei o bastante sobre a origem do detergente.

— Não, eu vou te contar uma que você vai gostar. É sobre a origem do universo. Conhece?
— O quê? O universo?
— Não, a origem.
— O tal do bangue-bangue?
— É quase isso. Bigue-Bangue. E essa eu li num livro... *Fade*.

## VIII

Noite. 18 de dezembro.
Miguel buzina duas vezes.
Miguel veste sua melhor camisa.
Sueli entra no carro com seu melhor vestido.
Longo beijo.
— Vamos, é perigoso ficar dentro do carro parado.
— Você fumou?
— Não.
— Então por que está chupando Halls?
— Estava com um gosto ruim na boca.
Arranca. Shopping Paulista. Hoje não é praça de alimentação. Viena. Embora fique na praça, é um restaurante à parte. 18 de dezembro. Aniversário de namoro. Bufê. Minissalgados com estrogonofe e saladas.
— E as meninas?
— Mi! Não fala de boca cheia. E tira os *cotovelo* da mesa.
— Cotovelos.
— Engole antes de falar, poxa!
Miguel engole.
— Miguel, o guardanapo.
— O que tem?
— Põe no colo.

Miguel põe o guardanapo no colo. Tema natalino embala o estrogonofe.
— Já pensou?
— Hã?
— Decidiu?
— O quê?
— Aonde nós vamos hoje.
— O Pedro me falou de um bacana.
— Tem cachoeira no quarto?
— Ele falou que sim, mas eu não gosto disso.
— Como não gosta? Já foi? Foi com quem?
— Não, nunca fui. Não gosto do barulho da água, me dá vontade de mijar.
— Miguel!
Miguel movimenta a língua dentro da boca.
— Miguel, que é isso?
— Tem um cabelo.
— Tira a mão da boca! E não fala de boca cheia!
— Mas tem um cabelo, eu estou sentindo.
— Engole! Deve ser seu.
Miguel engole.
— Eu vou querer bolo de chocolate com calda de frutas vermelhas — Sueli diz à garçonete.
— E o senhor?
— Pode ser. Bolo também.
— Calda de frutas vermelhas?
— Isso.
— A Susana vai sair do salão.
— Hum.
— Vai trabalhar num puta salão granfo.
— Que bom, né?
— Bom pra ela.
Pausa.

— Tem falado com a Rebeca?
— Não. Por quê?
— Nada, só pra saber.
Miguel pede a conta.

Na rampa de entrada do motel, com cachoeira no quarto, o carro de Miguel cruza com um carro que saía.

Os faróis de Miguel iluminam o rosto do dr. Carlos e da exótica moça que o acompanha.

E os faróis do dr. Carlos, delegado plantonista, casado, não com a moça que o acompanha, iluminam o rosto de Miguel e de Sueli.

Miguel e Carlos desviam o olhar. O belo rosto da exótica companheira do doutor fixa-se como um instantâneo na mente de Miguel.

# 2

23 de dezembro. Avenida Vinte e Três de Maio. Estranhamente faz frio. Chove. Miguel está na loja de conveniência de um posto de gasolina. Pedro entra na loja.
— E aí?
Miguel balança a cabeça quase afirmativamente.
— Vou pegar um café e nós vamos.
Miguel compra cigarros.
Pedro toma café e compra um pacote de Fandangos. Entram no carro. O carro é frio. As placas são frias.
— Trouxe o cabrito?
— Claro. — Miguel mostra a arma.
— Vamos nessa?
Miguel balança a cabeça quase afirmativamente.
Partem. Silêncio. Apenas o farfalhar do saco de Fandangos.

Sépia.
O menino cutuca com um graveto o cão morto. Os olhos do cão estão abertos.
Como se pode morrer de olhos abertos? O menino não entende. Agora o menino toca o cão com a ponta do dedo. O cão é frio. Era a vida que fazia o cachorro quente. O menino percebe o trocadilho e ri. Não do cachorro. Nem da morte, mas da vida.

— Quer Fandangos?
— Obrigado.
Rodam pela Amaral Gurgel.
A madrugada nessa região apresenta uma legião de criaturas. Seres que parecem ter perdido a humanidade. Travestis, viciados, mendigos. Na entrada de um botequim estão os meninos. Os alvos. Dividem um cachimbo de crack.

— São eles.
— Certeza?
— Não viu o albino?
Pedro faz a conversão e volta pela pista oposta. Devagar. Os olhos dos parceiros varrem lentamente os quatro. No fim da pista, nova conversão. O carro se aproxima devagar. Clévisson, o mais velho, percebe o movimento e dá o alarme. Os meninos correm, atravessando a rua em direção à Rego Freitas. Era o que Miguel e Pedro precisavam. Os pneus do carro guincham feito rato ao atravessarem a pista.
Major Sertório. Um veículo que vinha de frente breca.
Os meninos dobram na Bento Freitas, atravessam a Epitácio Pessoa e sobem a Teodoro Baima em direção à Ipiranga. Pedro os alcança antes que cheguem à avenida.
Miguel desce aos gritos. Arma em punho.
— Parados! Clévisson, eu só quero falar com você!
Pedro já está ao lado de Miguel. A rua está deserta. Clévisson para. Os outros seguem seu movimento.
Clévisson sussurra à quadrilha:
— A casa caiu... Vai ser cada um por si...
Pedro se aproxima.
— *Quê* isso, doutor? — Clévisson procura ganhar tempo.
— *Nóis pode* não ser quem *cê* tá pensando. — Dessa vez é Neguinho quem fala.
— Se vocês não são quem eu penso que são, então por que correram?
— O senhor assustou *nóis*.
— Eu sou tão feio assim? — devolve Pedro.
— Pior é que é — solta o Diabo Loiro, depois ri.
Não da piada. Ri porque achou engraçado rir do que não tem saída.
Fumaça, chapado, tenta correr.
Pedro dispara à queima-roupa.

Na cabeça descoberta de um dos meninos.
Ele desaba.
Bate os joelhos e depois a boca no chão.
Clévisson, vulgo Diabo Loiro, já era.
Os outros correm.
Miguel dispara duas vezes seguidas. Dessa vez é Anderson, vulgo Neguinho, quem cai.
Os dois disparam simultaneamente. Valdisnei, vulgo Fumaça, grita "Mãe" antes de cair.
O outro escapa. O outro é Jonas, vulgo Palito.
— Maloca os presuntos, eu vou atrás dele.
Pedro corre.
Miguel arrasta os meninos para trás do carro.
Uma velha sai à janela.
— Vai dormir, minha senhora, não tem nada para ver aqui.
Miguel retira a chave que ficou no contato e abre o porta-malas. Empilha os corpos e bate com força o capô. O ombro de um deles impede o fechamento. Miguel os acomoda batendo cada vez mais forte o capô contra os corpos, até fechar.
Acende um cigarro e assume o volante. Avista Pedro trazendo no colo o quarto garoto.
Ao guardar a última vítima, Pedro percebe que Clévisson e Neguinho ainda respiram.

||

24 de dezembro. Miguel anda de um lado para outro.
— Vamos, pai.
— Já vou! — Joaquim responde do banheiro.
Joaquim passa loção pós-barba e destranca a porta.
— Vamos.
No elevador, Miguel aperta o ss. A vaga na garagem do

prédio fica entre quatro colunas que, de dentro do carro, parecem se esconder num ponto cego. Miguel abre o porta-malas e guarda os pacotes. Entram no Uno, pai e filho. Miguel abre a janela.

— Desculpa, pai, mas eu preciso fumar.
— Opa! Voltou a fumar?
— Voltei.
— Dá um pra mim também.
— É melhor o senhor não fazer isso.
— Dá logo, moleque.

Fumam.
Joaquim dá uma longa tragada com os olhos fechados em êxtase.

Sueli abre radiante a porta. Está toda arrumada. Vestido estampado, cabelo em coque. As meninas correm para recepcionar seus presentes. Da cozinha vem Isabel, irmã mais velha de Sueli. Balzaquiana de intenso furor uterino, diria seu Joaquim. Farta de carnes, Vênus de Willendorf, diria Osvaldo. É a primeira a beijar Miguel, próximo à boca. Depois abraça Joaquim.

— Nossa, como estamos elegantes!

O velho Joaquim se enche de vaidade.

Sueli beija a boca de Miguel.

— Você fumou?

As meninas, Luana e Ingrid, correm para os pacotes. Isabel as repreende:

— Nada disso, só à meia-noite.

Isabel usa vermelho, o decote é generoso. Joaquim é o primeiro a entrar, seguido por Miguel. Joaquim, quando senta, tosse para abafar os gases. Senta na frente da TV. Sueli arruma os pacotes debaixo da árvore. Transborda de alegria ao ver a etiqueta da loja de grife num dos embrulhos. E, na etiqueta de/ para, confere seu nome e o de Miguel.

Isabel senta ao lado de Joaquim para assistir à novela. É Natal também na novela.
Luana mexe nas caixas enfeitadas com fitas. Ingrid também assiste à novela. Sueli chama Miguel para ajudá-la na cozinha. Miguel vai.
Os pratos estão em processo.
Na minúscula mesa da minúscula cozinha, Miguel vê uma mosca chafurdando na salada de maionese.
— Veja se o pininho do peru já subiu.
Miguel acende a luz do forno e se abaixa.
— Subiu?
— Não sei dizer.
— Poxa, Miguel! Se está para fora, é que subiu.
Ela mesma confere.
— Subiu. Me ajuda a pôr a mesa.
Miguel ajuda com os pratos. Não consegue guardar a ordem dos talheres.
Sueli o corrige. Voltam à cozinha.
— Que foi, Miguel? Você está tão distante.
— Nada, eu estou bem.
— Eu já separei a roupa, depois da ceia você se veste e sai pela área de serviço.
— Será que é preciso?
— Quê?! Você quer estragar a noite de Natal?
— Não, eu só acho que as meninas já estão grandes... Acho que não acreditam mais...
— Por favor, Miguel!
Joaquim puxa conversa com Isabel:
— Eu sempre achei muito sinistro louvar um deus que nasceu à meia-noite, você não acha isso estranho?
— Ai, seu Joaquim, o senhor é um barato! Ha, ha, ha...
Miguel tenta afugentar a mosca com o pano de prato, mas erra o alvo e acerta a maionese.

Rapidamente, com a mão, procura fazer um reparo. A mosca foge.

Isabel entra na cozinha.

— Quer ajuda, mana?

— Dá cerveja para o Miguel e para o seu Joaquim.

Isabel olha Miguel de forma profana. Miguel faz que não vê. Sueli está muito atrapalhada.

A mosca retorna à salada. Miguel pega a cerveja e foge para a sala. É hora do jornal. O noticiário anuncia para o próximo bloco o encontro dos corpos carbonizados de quatro rapazes, envoltos em pneus, na Estrada Velha de Santos.

Miguel senta ao lado do pai. Transpira.

Isabel, com uma lata de cerveja na mão, senta ao lado de Miguel. Transpira.

Luana rói o canto da parede que dá passagem ao pequeno corredor.

Ingrid, que agora assiste ao teto, enfia o dedo no nariz e depois na boca.

Joaquim finge que tosse.

Sueli grita por Miguel.

Miguel grita de volta:

— Só um minuto, quero ver uma matéria.

Isabel apoia a mão na coxa de Miguel, olha em seus olhos fixamente e diz:

— Deixa que eu vou.

O olhar inflama Miguel. Miguel observa o seu rabo quando ela levanta do sofá. As carnes de Isabel em seu minivestido vermelho, transparente o bastante para revelar a tanguinha. Negra.

Miguel e Joaquim admiram a paisagem. Antes de passar para a cozinha, Isabel volta o olhar para conferir se o show funcionou. Sorri. Miguel e Joaquim se entreolham. Joaquim é mais rápido:

— Boa, essa cerveja!

— Boa.
— Tá geladinha.
— É.
O apresentador volta após os comerciais trazendo novas da política neoliberal. A nova ordem global. Isabel e Sueli chegam com os pratos.
— Vamos, meninos, tá na mesa.
Joaquim se levanta e tosse três vezes. Sincronizado.
— Anda, Mi, vem.
— Estou indo.
Arroz com passas, peru com farofa e pino. Salada de maionese com batata e mosca.
Miguel se junta à festa e brinda, acomodado, mas sem conforto, em seu lugar predefinido.
Perde a matéria. O jornal sempre termina em zoológico. Anunciando a girafa que pariu.
Serve-se daquele peru de pino em velho óleo ungido. Solenizando.
As crianças comem rápido. Não gostam de nada que está na mesa.
Começam a pular e emitir frases em pura esquizofasia.
— Papapapa-iii Nono-elelelelel... piiipiiii!!!
— Lélélélélé...
Joaquim baba no decote da irmã de sua futura nora.
Abre e fecha as pernas em frenesi. O movimento bombeia um restinho de sangue para o seu pinto murcho.
— Lélélélélélélé...!!!
— Nonono-eleleleellll...!!!
Miguel transpira em profusão. Sua feição não esconde o estado de profundo desconforto.
— Chega, meninas! — Isabel diz.
Enquanto descansa a coxa roliça na perna de Miguel.

Anderson, Neguinho, cai de boca no asfalto.

Miguel desabotoa a camisa.
— Tá tudo bem? — Sueli pergunta.
— Acho que comi demais.
Isabel, para o bem-estar de Miguel, repreende as crianças:
— Parem, meninas, vocês estão deixando a gente tudo louco!
— Lé com crê, lé com crê, lê com cré...
— No-no-el-el... Nono-el-el...
Sueli faz sinal para Miguel.
Eles procuram ir com discrição para a cozinha.
Sueli entrega a sacola a Miguel e Miguel sai pela área de serviço. No hall, Miguel veste sobre a própria roupa os trajes de Papai Noel comprados a granel na Vinte e Cinco.

III

Miguel entra na delegacia. Plantão. Susete, a escrivã, diz que o dr. Carlos, delegado plantonista, quer falar com ele.
Miguel encontra o delegado.
— Salve, Miguel! — Dr. Carlos põe a mão no colarinho, antes de apertar a mão de Miguel em pata de leão, em franco cumprimento.
— Como vai, doutor?
— Eu estou bem, e você?
— Tudo em ordem.
— Tudo em *ordem*?
Miguel balança a cabeça quase afirmativamente.
— O Pedro me disse que você estava querendo ir para a Captura.
— É, eu pensei nisso.
— Quer ou não quer?

— Por quê, senhor?
— Porque, se você quiser, eu posso mexer meus pauzinhos.
— Eu posso pensar?
— Se você conseguir — brinca dr. Carlos.
— Eu vou tentar, faço um esforço.
— Por que você está dissimulando?
— Eu? Eu não estou dissimulando.
— Então você prefere fingir que nada aconteceu?
— Eu não sei o que o senhor está tentando dizer.
— Não me venha com essa, Miguel. Você está querendo me intimidar, é isso?
— Claro que não, doutor.
— É você quem sabe, Miguel.
— Senhor, eu acho que isso tudo é um tremendo mal--entendido.
— Pode ir, Miguel.
Miguel fica perdido.
— Senhor, eu sei sobre o que o senhor está falando, mas eu não tenho nada a ver com isso. Eu procuro cuidar apenas da minha vida.
— Pegue suas coisas, Miguel, vamos dar uma volta.
Miguel transpira.
— Eu não tenho nada para pegar.
— Então, vamos.
Atravessam em silêncio o pátio da delegacia.
Entram num Citroën Xsara Picasso dourado. Dr. Carlos insere um CD de Tartini.
Miguel consegue ler na caixa *Sonata in G minor*.
— Vamos tomar alguma coisa.
— Tudo bem.
Triste melodia em câmera lenta.

Miguel travestido de Papai Noel invade a sala. Ingrid

aponta e ri. Luana deixa de roer a parede. Joaquim gargalha e tosse. Isabel lança um olhar de pura fantasia. Sueli fotografa.

— Miguel, vamos deixar de rodeios, eu sei que você me flagrou na saída do motel.
Miguel ensaia dizer algo, mas não sai nada.
— Viu ou não viu?
— Vi, sim senhor, mas eu não tenho nada a ver com isso.
— Disso eu sei, mas o seguro morreu de velho. Não é mesmo?
Miguel sua. Procura articular em vão.
— Em primeiro lugar, eu quero que você saiba que eu sou é macho! Entende?
— Entendo, claro.
— Bom, se você entende, o problema é seu.
Miguel não entende o trocadilho.
— Dr. Carlos, pode ficar tranquilo.
— O negócio é o seguinte, Miguel: eu não quero ter você por perto. Entende?
Miguel silencia.
— Então, para não haver problemas, eu deixo você decidir para qual departamento quer ser transferido e eu cuido do resto.
Miguel engole em seco.
— Combinado?
— Sim, senhor.
Voltam para a delegacia sem beber nada.

Sépia.
O menino volta a cada dia.
Acompanha
o cachorro
se putrefazer.

\*\*\*

Papai Noel entra na sala.
Papai Miguel.
As meninas, frenéticas, rasgam os pacotes. Em segundos a Barbie, recém-aberta, perde um braço. Confirmando a origem paraguaia de ascendência chinesa.

## IV

Pedro e Miguel rondam na viatura. O rádio anuncia corpo encontrado. Pedro dirige até o local. Pensão, cortiço. Pedro estaciona ao lado do velho casarão na alameda Glete. Os moradores olham desconfiados.
— Puta pardieiro. Você vem, Miguel?
— Vamos.
A textura das paredes cinza revela camadas sobre camadas de cores desbotadas. Enquanto Miguel, distraído, arranca com a unha lascas da tinta, como se procurasse identificar cada uma das cores de cada demão. Conclui que o tempo não é nada além de uma fina camada que se sobrepõe. Que o tempo não passa de sensação e ciclos. Pedro toca em seu braço, libertando-o do transe. Entram pelo pórtico que é quase uma ruína e param, desanimados, diante da escada imensa. Moradores surgem curiosos dos corredores, que mais parecem labirintos. Miguel e Pedro sobem lances e mais lances, os degraus rangem em advertência.
— Vocês são da polícia?
— Por quê?
— Porque, se forem, o presunto está lá embaixo.
Percebem que o local é um prostíbulo.
— Como pode o número 72 ser embaixo? — Pedro per-

gunta a uma puta cuja idade é impossível calcular. É jovem e velha ao mesmo tempo.

— Isso eu já não sei — responde a puta.

Descem e encontram o número 72 no subsolo. Quatro putas ou travestis, é difícil afirmar, já os esperam vestindo seus uniformes de trabalho. Pequenas peças multicoloridas. Anzol para o seu ganha-pão.

— Calma, meninas, vocês estão muito assustadas — joga Pedro, o sedutor.

— Você diz isso porque não foi na sua casa que encontraram uma múmia.

— Múmia? — Pedro, o engraçado, ri e olha para Miguel.

Miguel esboça algo, mas não expressa. Segue o parceiro, que entra na sala do pequeno apartamento. Miguel avista um rosto conhecido. Ela está no telefone. Desconcertado, maldiz o destino. A moça, de uma beleza tão estranha, olha para ele e parece não reconhecê-lo. Isso traz um certo alívio a Miguel. Ela volta a atenção para o aparelho. Por um instante, Miguel perde o fôlego. Até ouvir Pedro gritar.

— Corre aqui, Miguel! Puta que pariu!

Uma múmia descansa incrustada na parede. A pele parece uma espécie de couro. Os dentes estão expostos. Tufos de cabelo esbranquiçado desalinhados. Por alguma razão, Miguel tem a impressão de que se trata de uma mulher. A múmia está sentada abraçando os joelhos.

Miguel não consegue respirar.

— Caramba! — solta Miguel.

Transpira. Não sente o ar entrar. Agacha-se, temendo desfalecer. A moça de traços exóticos começa a abaná-lo. A moça que estava no banco do passageiro do dr. Carlos.

— Que é isso, Miguel? Tá com medo da múmia?

— Eu não estou legal.

A moça sopra o rosto de Miguel. Seu hálito tem um perfume que Miguel não consegue identificar.

— Helena! Traz água para o moço — pede a amante do doutor.

— Vou pegar.

— Vem, amor, se apoia em mim.

Apoiado no ombro da namoradinha do dr. Carlos, Miguel é conduzido a um pequeno quarto também perfumado, por uma fragrância muito mais barata.

Miguel percebe, pendurada sobre a cama, uma estampa que não condiz com o cômodo. Nem mesmo com a casa. Miguel, o santo, pisando num demônio. A imagem, de aparência medieval, em vez de confortá-lo, o deixa ainda mais perturbado.

Os sons externos são abafados por uma espécie de surdez. Miguel desmaia aos cuidados daquela Afrodite. Antes de apagar, Miguel pergunta o nome dela.

— Quem é você?

— Cibele.

## V

Pátio da delegacia. Miguel corre atrás de Osvaldo.

— Osvaldo!

— Ô Miguel, eu passei e disseram que você tinha saído.

— Acabei de voltar. — Miguel está sem fôlego.

— Você está bem?

— Eu... estou legal... É que vim correndo... Tem um cigarro?

— Claro.

Miguel pega o cigarro. Trêmulo. Osvaldo estende um pacotinho. Miguel rasga o pacote feito a menina que come parede. Osvaldo acende o cigarro. Miguel traga como se buscasse ar.

— O que é isso?

— Isso, meu amigo, é um aparador de pelo nasal.

— Hummmmm...! — Miguel dá uma longa tragada.
— Esses pelinhos que brotam do nariz. E então? Minha história.
— Vou te contar uma boa.
— Manda!
— Ontem nós encontramos uma múmia.
— Ah, não... Não inventa! Tem que ser história real.
— Mas é. O dr. Osvaldo...
— Porra, Osvaldo sou eu!
— Não, o legista...
— É Osvaldo também?
— É, dr. Osvaldo.
— O que ele falou?
— Falou que é uma múmia mexicana.
— Caralho! Você está de sacanagem.
— Juro. Você já reparou na quantidade de moscas que estão infestando a cidade?
— Moscas?
— É.
— Sempre houve milhares delas. Por falar nisso, você sabe o que elas simbolizam?
— Não.
— Nunca ouviu falar na mosca sartriana?
— Nunca.
— Sartre escreveu na época da guerra uma peça com esse nome: *As moscas*. Ele resgata o mito grego das Erínias. As Erínias, para os romanos, Fúrias, nascem do sangue derramado de Urano. Geia, a patroa de Urano, pede ajuda aos filhos para que a libertem do depravado e insaciável marido. O cara gostava de foder. Era um dos nossos! O filho caçula de Urano, Cronos, resolve ajudar a mãe e, quando seu pai está comendo ela, ele chega de mansinho e corta o saco do velho. Entendeu?

— Acho que sim.

— Então, como o deus estava na clássica posição papai e mamãe, quando Cronos decepa o saco do velho o sangue que escorre entra na vagina da mamãe e depois de nove meses surgem as Erínias, as vingadoras dos crimes de sangue. De sangue consanguíneo. E Sartre as relaciona com as moscas. Para Sartre as moscas são símbolo do remorso.

# 3

Miguel acorda com o caminhão da Candida.
— Olha a Candida, Candida, Candida... detergente, desinfetante...
Miguel bufa. Ontem plantão, hoje folga. Os sons começam a surgir, tornam-se reconhecíveis. A TV, as risadas, o salto alto da moradora de cima. O aspirador do apartamento ao lado. O trânsito na rua. Miguel levanta. Regata e cueca. Descalço.
— Puta que pariu! Ha, ha, ha, ha... Miguel? É você?
— Bom dia. — Miguel coça a bunda e beija o pai.
— Olha isso! Um robô que limpa piscina.
— É.
— É, nada. É a porra de um aspirador que eles vendem como sendo alta tecnologia... É só a porra de um aspirador com cara de robô.
— É verdade.
— Fiz café, não está lá essas coisas, o pó não veio igual.
Miguel vai para a cozinha e serve o café num velho copo de geleia de mocotó. Miguel nunca come pela manhã. Prova da tintura rala que o velho ofereceu.
— Pai, o senhor já viu uma múmia?
— Porra, vi com o Karloff.
— Não, o senhor já viu uma múmia ao vivo?
— Não, eu li uma vez que um aluno respondeu numa prova que as múmias eram habitantes do antigo Egito. Ha, ha, ha.
— Vou pegar um cigarro.
— Por que você está me perguntando isso?
— Nada não, pai. Curiosidade.

Miguel roda com o Uno.
Para numa banca. Compra jornal. Entra na padaria. Pede um *espresso*. Folheia as notícias.

Ri, lendo as tirinhas. Compra cigarros e volta a rodar. Entra na barbearia, cumprimenta o sr. Pierino e seu filho Sílvio. Barba e cabelo. Discutem política, segurança pública e globalização. Divagam falando sobre conspirações, e tanto Pierino como Sílvio juram nunca ter visto uma múmia além de Karloff.

Miguel volta para casa. Cruza as palavras. Termina o jornal. Usa o banheiro e toma banho para eliminar os vestígios de cabelo que grudaram no suor do rosto. Chora em silêncio pela surra que deu há muito tempo no filho. Foi um acidente. Ele sabe que no fundo isso talvez tenha pesado mais do que o coração que brotou do vapor.

O cão, em sépia, putrefaz.
Miguel evoca Cibele e a múmia.
Em sépia.

Miguel atende o celular.
— Oi. No shopping, hoje? Ficou apertado? Vai precisar trocar?
— É que eu tenho umas coisas para fazer. Você não pode ir sozinha? É melhor.

Miguel estaciona em frente ao antigo casarão. Cruza a pequena entrada. Não sobe as escadas. Desce e para na porta do 72. Resolve ir embora, mas a porta se abre antes que ele possa agir.
Dizem que Deus abre uma porta quando outra se fecha.
É Cibele.
— Oi, gato.
— Tudo bem?
— Eu estou ótima, e você?
— Tudo bem.

— Entra. Veio ver a múmia? Já levaram.
— Não... Eu sei...
— Veio me ver?
Miguel, sem jeito, quase ri. Cibele explica que depois da perícia vieram uns arqueólogos de alguma universidade e levaram a múmia com eles. Ela até anotou num papel. Vai buscar. Miguel entra.
— Olha, eles disseram que "essa posição fetal é característica das múmias mexicanas do século xv e que por isso a presença de oferendas funerárias, entre elas um típico Cuchi... mim"... Vê se você consegue ler o que eu escrevi aqui.
— *Cuchimilcos*?
— Isso! Era uma bonequinha que estava aos pés da múmia.
— Muito interessante, não é mesmo? Bom, isso explica tudo.
— Quer um café?
— Seria bom.
Cibele se aproxima docemente e beija o rosto de Miguel.
— Você não tinha me cumprimentado. E nós não dormimos juntos, não é mesmo?
— É verdade. — Miguel fica vermelho, enquanto Cibele dá a outra face e espera.
— Eu não ganho beijo?
Miguel beija e, sem graça, tem uma ereção. Fica de pau duro só de beijar o rosto de Cibele. Como um garoto que beija pela primeira vez a futura namorada.
Cibele veste apenas uma camiseta. Miguel a segue até a cozinha.
— Senta.
Miguel se acomoda à mesa. Tamíris, uma das garotas que dividem o 72, entra na cozinha.
— Ai! Temos visita! — Diz isso se abraçando na pequena toalha em que está enrolada.

## II

Miguel chega à delegacia. Serve-se de café. Acende um cigarro. Vai para o computador. Mister Spider Man.
Pedro se aproxima.
— E aí, meu velho?
Miguel balança a cabeça quase afirmativamente.
— A Sueli ligou te procurando.
— Depois eu retorno.
— Você viu a parada da múmia?
— Não. Que parada?
— Era uma múmia mexicana do século v antes de Cristo, me parece.
— É mesmo?
— Muito estranha, essa parada.
— É.
— A porra do prédio foi construído no fim dos anos 50. Por que alguém meteria uma múmia mexicana do século v a. C. no meio das paredes?
— Não faço ideia.
— Você recebeu a apostila?
— Que apostila?
— Eu vou pegar uma pra você.
Miguel consegue empilhar o naipe de espadas.
— Lembra do caso dos meninos desaparecidos, aqueles garotos que moravam próximo ao prédio da múmia? — pergunta Pedro ao voltar com a apostila.
— Isso foi no ano passado, não foi?
— Isso mesmo. Toma, não deixe de ler.
Miguel pega a apostila intitulada:

The police chief
O crime ritualístico, oculto e satânico
Kenneth V. Lanning
Agente especial de Pesquisa de Ciências Comportamentais da Academia do FBI

Miguel pega a apostila e se levanta.
— Vou levar, vou dar um cagão.
— É sua.
Miguel forra a tampa do vaso com tiras de papel higiênico. Arria as calças. Senta e começa a folhear a apostila.

Quase todas as discussões sobre satanismo e bruxaria são interpretadas à luz das crenças religiosas do público. É a fé, e não a lógica e a razão, que governa as crenças religiosas da maioria das pessoas. O resultado é que alguns agentes da lei, normalmente céticos, aceitam as informações disseminadas nessas conferências sem avaliá-las criticamente, sem questionar as fontes [...]. Para algumas pessoas, o satanismo é qualquer sistema de crença religiosa diferente do seu.
[...] O cristianismo pode ser bom e o satanismo mau. Segundo a Constituição, entretanto, os dois são neutros [...]. Esse é um conceito importante, mas de difícil aceitação para muitos agentes da lei. Eles não são pagos para defender os Dez Mandamentos, mas o código penal [...]. O fato é que o número de crimes e abusos infantis cometidos por fanáticos em nome de Deus, Jesus e Maomé é muito maior do que os cometidos em nome de Satã. Muitas pessoas não gostam dessa afirmação, porém poucas conseguem questioná-la.

O celular de Miguel toca sobre a bancada ao lado da paciência interrompida.
Uma mosca passeia na frente do monitor.

## III

—É o Miguel! É o Miguel! É o Miguel! É o Miguel! É o Miguel!
— Mimimi... Mimimi...guel-el-el-el...
As meninas gritam apontando para Miguel travestido de Noel.
— Mimimi-guel-guel-guel!
— El-el-el...
A campainha toca. O rosto de Sueli demonstra pavor.
Miguel, sempre alerta, percebe a tensão.
Sueli corre à porta e espia pelo olho mágico. A expressão de pavor congelada.
Feito boneco de trem fantasma.
— É ele.
Isabel retira as crianças da sala.
— Mimimi-guel-guel-guel!
— El-el-el...
Noel vai para a porta.
Abre.
Augusto.
Augusto, o ex.
Bêbado. O rosto coberto de lágrimas.
— Vocês não conseguem me entender.
Miguel o empurra para fora, sai e bate a porta. Arrasta o ex-marido de Sueli para o elevador. Comprimindo a cara chorosa numa gravata. Augusto tenta se livrar. A imagem de Augusto se duplica quando Miguel arremessa sua cabeça contra o espelho do elevador. Três golpes. Augusto multiplica-se ao estilhaçar no espelho.
Sangra. Sangue e lágrimas na noite de Natal.

Eu pensei que todo mundo fosse filho de Papai Noel.

A musiquinha escapa de algum apartamento enquanto o elevador desce.

Miguel puxa a descarga. Joga a apostila no cesto de lixo. Volta para o computador e retoma a paciência.

— Miguel — é a escrivã quem chama.
— Sim?
— O dr. Carlos quer falar com você.

Mesmo na cozinha, que agora agrupa mais duas moradoras, entre o perfume do shampoo e o do café, Miguel sente a presença de alguma outra emanação que não consegue identificar. É como se fosse algo de natureza volátil.
Novamente Miguel sente o mal-estar.
Novamente Cibele o acomoda em sua cama.
Mesmo tendo evitado a imagem do quadro e os destroços da parede que guardava a múmia, Miguel sente a vertigem.

Dr. Carlos está à sua mesa. Uma plaqueta indica: "Delegado de Plantão".
— Pensou?
— Pensei, sim senhor.
— E então?
— Quero ir para a Captura.
— Ok. Vou providenciar.
Dessa vez não há a pata do leão.

## IV

Miguel roda com o Uno.
O rádio reproduz "My way".
Miguel para em frente ao prédio de Sueli.

Ameaça buzinar, mas não buzina.
Arranca.

Loja de conveniência.
Café e revista semanária.
Pedro entra.
Miguel devolve a revista.
Pede outro café.
— E aí, parceiro?
— Quase que eu não vinha.
— Que é isso?
— A Sueli vai saber que estou envolvido.
— Foda-se. Depois da história que ela contou, a justiça tem que ser feita.
— Eu sei. Pedro, eu não tenho como te agradecer, se eu pudesse eu pagava.
— Nem fale uma coisa dessas! Nós somos parceiros ou não?
— Ela não devia ter me contado...
— Miguel, é de justiça que esse cara precisa.
Miguel engole o argumento com o resto do café. Café solúvel vendido em máquina.
— Olha a caranga que eu descolei. — Pedro aponta para um Opala preto modelo 77, vidro fumê, estacionado numa vaga do posto.

A Besta Negra arranca.
— Eu estou com sede de sangue, Miguel.
— E eu tenho até medo do que sinto.
— Esse cara vai pagar.
Pedro introduz uma fita cassete no Roadstar.
Um rap do 509-E de autoria de Dexter.

Acharam que eu estava derrotado, quem achou estava errado...

— Ela me dizia que tinha se separado porque o corno batia nela, e eu acreditei.
— Porra, Miguel! Quem podia imaginar que o filho da puta fazia o que fazia?
— Desgraçado!
— E ela foi te contar justo na noite de Natal, puta presente.
— É que eu notei que ela estava muito nervosa e pressionei.

É seu pesadelo tá de volta, no puro ódio cheio de revolta...

— Nós estávamos na cozinha e, de repente, ela se abriu.
— Esse miserável vai pagar, fica tranquilo, Miguel.
— Ela disse que um dia estava no computador e sem querer abriu uma pasta. Lá estavam as fotos.
— Puta que pariu! Imagine a cena.
— Imagine... Ela abriu a pasta e viu as filhas nuas, em poses eróticas.
— Filho da puta! E o cara é o pai!
— Ele garantiu que nunca tocou nelas, disse que só pedia para elas fazerem pose de modelo. Dizia que assim elas iam conseguir trabalhar em novelas...
— O que ele fez foi pior do que se ele tivesse abusado delas... Porra, Miguel!
— Depois a Sueli ainda acha que a menina come parede por deficiência de ferro.

Mesmo no inferno é bom saber com quem se anda...

— E o pior é que o desgraçado vendia o material.
— Pior é ela ter acobertado ele.
— Você sabe como são esses casos, ela tinha medo.
— E ela acobertava o monstro que vendia as próprias filhas pela internet.

— O que você fez com o cara foi pouco.
— A Sueli começou a gritar, feito louca, da janela. Eu tive que parar. Foi ridículo. Eu estava vestido de Papai Noel.
— O que é dele está guardado.

## V

Miguel caminha em direção a Osvaldo.
Osvaldo chupa um picolé e ri.
— E então, o que trazes para mim?
— Um chamado que recebemos na época em que eu estava na Homicídios. Uma velhinha que morava sozinha em casa não abria as janelas fazia dois dias e saía fumaça pelas frestas.
— Estou gostando do prólogo.
— Nós entramos, a velhinha estava morta ao lado do fogão. O forno estava ligado. A velha assava algo quando morreu e caiu ali, em posição fetal, ao lado do fogão. O calor fez com que a velha, que já era pequenina, encolhesse ainda mais. Ela morreu quase do mesmo tamanho que veio ao mundo.
— Essa doeu!
— O pior é que é *vero*.
— Minha vez?
— Sua vez.
— Bom, antes de fechar o assunto, me diz uma coisa, Miguel. Você está apaixonado?
— Quem, eu? Eu não. Por quê?
— Porque eu nunca te vi assim tão... alegre?
— É impressão sua.
— Bom, por falar em fogo, vamos a Jean Cocteau. Sabe quem foi?
— Isso faz diferença para eu entender a história?
— Nenhuma.

— Então prossiga.

— Perguntaram a ele: "Se sua casa pegasse fogo, o que você salvaria?". E Cocteau respondeu: "O fogo!".

# 4

Pedro e Miguel. Opala preto modelo 77. Vidro fumê.
— Vamos dar uma carteirada no porteiro e entrar.
— Hoje em dia os prédios estão cheios de câmeras. Não adianta, temos que esperar ele sair.
— Mas já estamos aqui há mais de três horas, ele deve estar no prédio.
— Então nós esperamos ele sair.
— Vamos cair pra dentro.
— Miguel, não podemos nos precipitar. Se quisermos fazer bem feito. Eu não quero me foder por causa de um bosta desses.
Pedro aperta um baseado e acende.
— Porra! Você sabe que esse cheiro me dá dor de cabeça.
— Ô... Miguel... *issss*... Dá um tem...*isss*...po... Só vou dar um tapa...
— Eu vou sair do carro.
— Nada de ir para o prédio.
— Eu só vou fumar um cigarro aí fora.
Atravessam a noite. Nada. O pai que vende as filhas não aparece.
Um passo adiante sem sair do lugar.
— Vamos embora.
— Que é isso, Miguel? Ele deve estar para sair.
— Eu quero ir embora.
— Por quê?
— Porque eu quero algo pior que isso.
— Como?
— Você tem razão, eu estava me precipitando.
— Ele já vai aparecer e nós cuidamos dele. Temos que aproveitar o tempo que temos hoje.
— Não. Eu preciso de mais tempo. Eu quero pensar em algo pior do que espancá-lo até a morte.

— Eu trouxe o consolo pra enfiar no cu dele.
— Isso não é nada.
— Você fala isso porque não viu o tamanho do trabuco.
— Vamos embora. Eu preciso pensar.

Pedro leva Miguel até o Uno, que ficou estacionado no posto de gasolina.

— Vamos tomar um café?
— Não, Pedro, eu vou para casa.
— Fica frio.
— Eu vou tentar. É justamente isso que eu quero... Ficar frio.

Miguel dirige.

Qual o pior sofrimento que se pode infligir a alguém?

Nas piores doenças a morte é como a cura.

É o fim do sofrimento.

Nem sempre o olho se paga com o olho.

## II

Miguel entra em casa.

— Pai?
— Estou no banheiro — grita o velho.
— Pai, onde está aquela Bíblia?
— Que Bíblia, filho?

Conversam, aos gritos, através da porta fechada.

— Aquela que veio com a enciclopédia.
— Porra, Miguel, deve estar com a enciclopédia. Quando eu comprei isso, você era um menino.

Miguel encontra a *Barsa* incompleta na estante, mas não encontra a Bíblia.

Joaquim sai do banheiro.

— Pra que você quer a Bíblia? Resolveu se arrepender depois de velho?

— Não, eu só queria tirar uma dúvida.
— Posso ajudar?
— Não é nada não, pai. Vou dormir um pouco.
Miguel deita, mas não dorme.
Cala. Contempla o teto.
O velho entra no quarto com o telefone sem fio.
Tapa o bocal.
— É a Sueli, vai atender?
Miguel estende a mão.
— Oi.
— Não. Não estava dormindo.
— Que bom. E serviu?
— Não tinha da mesma cor?
— Que pena.
— Não, eu vou dormir um pouco, depois eu passo aí no salão.
— Eu também.
— Beijo.
Miguel volta ao teto procurando algo dentro de si.
Buscando o pior dos castigos, o pior sofrimento.
Miguel recorre à enciclopédia.
Procura no volume 13, no T de *tortura*, mas não encontra a palavra nos incontáveis verbetes.
Muito provavelmente por ser uma edição de 1969.
Não encontra a palavra que buscava para servir de inspiração.
Mas ao lado encontra a imagem e o verbete Torquemada.
Praticamente o pai.
A verdade mora ao lado, reflete Miguel.
Tomás de Torquemada, segundo a legenda, condenou à fogueira mais de dez mil criaturas.
Em nome da fé e da honra de Nosso Senhor.

III

Miguel encontra Sueli no salão.
Cumprimenta Vânia e Vanessa.
Sueli pede licença à freguesa e vai até Miguel.
Sussurra:
— Só um minutinho... eu acabei de arrancar um bifão daquela senhora...
Miguel pega uma revista.
*Revista dos Astros*. Folheia à moda oriental. Gente sorrindo de ponta a ponta.
Uma mosca zune em seu ouvido.
O salão está abafado.
A imagem da senhora debaixo do secador capacete o deixa sem ar.
— Vou esperar lá fora.
Miguel entra no carro, liga o rádio e adormece esperando Sueli.

Novamente a vertigem.
Novamente Cibele o acomoda em seu leito.
Cibele, em sépia, beija Miguel.
Miguel recobra a consciência no momento em que Cibele tira suas roupas.
Ao vê-lo de volta, Cibele beija a sua boca.
Depois o pescoço. Chupa o pomo de adão enquanto escorrega a mão até encontrar o pau de Miguel.
Duro. Irrigado de sangue. Miguel abocanha os pequenos seios. Chupa os peitinhos de Cibele. Aperta as carnes de músculos firmes da bunda volumosa e lisa.
Cibele geme. Cibele beija Miguel loucamente. Chupa sua língua com tamanha força que parece querer arrancá-la.

Miguel acorda com as pancadas no vidro.
Sueli entra e anuncia que Isabel fez bife rolê.
Miguel dirige para comer a carne da cunhada.

Quando chegam, Isabel é toda sorrisos.
Ingrid ainda insiste no assunto do Natal.
Quer desmascarar Miguel.
— Você é o Papai Noel.
Enquanto Luana rói as arestas da parede.
Sueli vai tomar banho. Isabel oferece cerveja gelada.
Miguel aceita.
— Venha, vamos pegar na cozinha.
Isabel conduz Miguel pelas mãos. São só os dois na cozinha.
O rosto de Isabel fica corado. Parece excitada. Atrapalhada. Deixa a lata cair.
A lata rola para debaixo da pia.
Isabel se agacha de forma obscena.
— Me diga uma coisa, Isabel. Para você, o que é o mal?
— Como?
— Eu queria saber o que você acha que é o mal.
— Eu sei lá! Que história é essa?
Isabel perde o rebolado.
— O que você quis dizer com isso? Por um acaso foi alguma indireta?
— De maneira nenhuma. Eu só estava pensando em voz alta.
Luana espreita da porta. Mastigando um resto de reboco.
Miguel se aproxima, faz carinho em sua cabeça e, sem conseguir se conter, começa a chorar.
Como se sangrasse.

IV

Miguel encontra Osvaldo no pátio da delegacia.

— Hoje eu quero uma boa. Não me venha com histórias de múmias ou duendes.

— Tá legal. Vamos ao homicídio. Mas, em troca, eu vou querer uma resposta.

— Uma resposta? Que resposta?

— Depois eu te faço a pergunta.

— Tudo bem. Manda uma cabeluda.

— Não, a pergunta é relativamente simples.

— Não. Eu quero uma história cabeluda. Estranha, verídica e sensacional.

— Me ocorre uma. Do tempo em que eu estava na divisão de Homicídios.

— Fala, que eu vou tomando nota.

— Houve uma briga num posto de gasolina, entre um taxista e um caminhoneiro que bebia num bar ao lado do posto. Eu estou falando muito rápido?

— De jeito nenhum, prossiga.

— Os dois se estranharam, discutiram e começaram a se desacatar. O caminhoneiro, que já estava tocado pela bebida, puxa uma peixeira e parte para cima do taxista. Eles começam uma briga e o caminhoneiro enfia o facão na barriga do taxista de tal forma e com tamanha força que, quando puxa de volta, os intestinos do taxista saltam para fora e desabam desordenados até as suas coxas.

— Estou gostando!

— O taxista faz uma cara estranha, parece estar em transe. Permanece imóvel, de pé por uns instantes, depois caminha até o banheiro, tira um pente do bolso de trás, se olha no espelho, penteia os cabelos e cai morto.

— Gostei.

— Nós chegamos e o encontramos assim, no chão de um banheiro imundo, caído com as costas contra os ladrilhos, as tripas de fora e um pente na mão.

— E como você sabe que os fatos ocorreram dessa forma, com todos esses detalhes? Com base nos depoimentos?

— Claro. Nós pegamos o depoimento de várias testemunhas que assistiram à desavença desde o início. Mas, mesmo que não tivesse ninguém para contar a história, a cena falava por si.

— Que pena.

— Por quê?

— Porque me interessaria mais se você tivesse testemunhado a cena.

— Eu garanto que os testemunhos foram tomados à parte e que bateram em quase tudo.

— Ok. Manda a pergunta.

— Eu vou perguntar isso para você porque sei que você é um homem lido.

— Tudo bem.

— O que é o mal?

— Porra! Essa é difícil.

— Difícil?

— Caracas! Você quer saber o que é o mal...

— É.

— Mas em que sentido: teológico, filosófico... religioso?

— Pode ser a sua opinião.

Osvaldo esfrega as mãos e medita por uns segundos.

— Vamos lá. Quer papel para anotar?

— Não é preciso. Eu só quero saber.

— Vamos fazer da seguinte forma: para você, Miguel, o que é o mal?

— Mas é isso que eu estou perguntando!

— Eu sei, só quero afrontar nossas ideias.

— Bom, para mim o mal... é o mal... Quer dizer, eu sei o que é, mas não sei explicar.

— Tente.

— Bom... Acho que, quando você faz algo que afeta uma pessoa... você pode estar fazendo um mal.

— Um beijo pode afetar uma pessoa.

— Eu sei, eu quero dizer quando você faz algo de ruim para uma pessoa.

— Um beijo também pode fazer mal.

— Pode?

— O beijo de Judas, o beijo do estuprador, o beijo do pai incestuoso.

— Tá! Entendi.

— Então, Miguel, o que é o mal?

— Entendi. O mal é quando fazemos algo que sabemos que vai prejudicar uma pessoa.

— Essa é uma visão muito comum do mal. É uma visão, eu diria, sem querer te ofender de forma alguma, muito simplista. De qualquer modo, há essa teoria de que o mal só existe quando se tem consciência de que se faz mal a alguém, mas essa é apenas uma faceta do mal. Essa é uma visão quase que, digamos, jurídica, um aspecto legal da questão, não da sua essência.

— Você acha que o mal é algo que independe do valor do homem? É isso? Você acredita no Diabo, por exemplo?

— Eu vou tentar ser mais claro. Vou dar um exemplo, uma metáfora: suponhamos que você veja duas feras, duas feras enormes e selvagens se atacando, se mordendo.

— E daí?

— Como você pode identificar o mal nessa situação?

— É preciso saber quem começou a atacar quem.

— Certo, mas vamos supor que uma criatura é macho e a outra fêmea.

— Não importa. É preciso saber quem começou a briga.

— Isso não faria diferença. E talvez elas não estejam brigando. Talvez isso faça parte do acasalamento. Não é possível?
— É verdade, pode ser.
— Então, onde está o mal nessa circunstância?
— Não há mal?
— Será que não há mal ou será que não somos capazes de distinguir entre o amor e o combate?
— Não, mas você disse que se tratava de um acasalamento.
— Eu não disse isso. Eu disse que seria possível que se tratasse de um acasalamento. Mas como vamos saber a diferença?
— Acho que temos que continuar observando para ver se isso termina em briga ou em coito.
— Então suponhamos que esse momento nunca termine, nunca se consume, nunca se desenvolva, e uma continue eternamente a morder a outra.
— Isso é impossível.
— Não, isso é hipotético.
— Que seja, e daí?
— Daí que nunca conseguiremos distinguir se se trata de um bem ou de um mal.
— Acho que entendi. Quer dizer que, porque não somos feras, não podemos saber. É isso?
— Se essa fosse a resposta, então não seríamos capazes de cometer o mal. Você acredita nisso?
— Não. Entendi. Você está tentando dizer que não somos capazes de distinguir entre o bem e o mal.
— O que estou tentando dizer é que não há diferença entre o bem e o mal.
— Isso é absurdo.
— Outro exemplo. Vamos para um campo mais familiar. Deus e o Diabo.
— Vamos lá.
— Segundo a teologia, tudo depende da vontade de

Deus. Então, quando o Diabo atua, ele age segundo a vontade de quem?
— Como assim?
— Se o Diabo é um agente de Deus, o que é o mal?
— O Diabo é o contrário de Deus.
— Se Deus é tudo o que é, ou o Diabo não é ou não há diferença. Ou seja, o Diabo é também Deus.

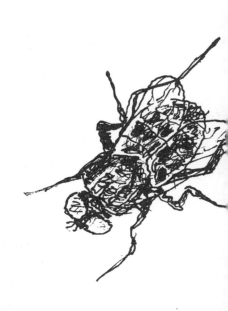

# 5

|

Delegacia.

Miguel estaciona o Uno e entra para cumprir mais um dia de trabalho até chegar a transferência. Miguel está pálido. Os olhos vidrados. Transpira em profusão.

Pedro se aproxima e puxa Miguel para um canto.

— Tudo bem, Miguel?

Miguel balança a cabeça quase afirmativamente.

— Você está pálido.

— Eu estou bem.

— Não fez nenhuma besteira, não é mesmo?

— Não, não fiz nada.

— Você me deixou preocupado.

— Me arruma um cigarro, esqueci de comprar.

Pedro estende o maço. E emenda:

— Você ficou sabendo do dr. Carlos?

— Não. O que houve?

— Porra! É uma história bizarra.

— O que foi?

— Ele está internado.

— Por quê? O que houve?

— Porra! É uma história cabulosa. Ele surtou. Entrou em parafuso.

— Sério?

— É.

— Ele estava me ameaçando.

— O dr. Carlos? Te ameaçando?

— Um dia, quando eu estava indo num motel com a Sueli, eu cruzei com ele e uma fulana na entrada do motel. Aquele que você me indicou.

— Porra! E ele ficou com medo disso?

— Achou que eu ia dar com a língua nos dentes.

— Que bobagem.
Miguel, descontrolado, começa a chorar.
Pedro segura seu braço.
— Que é isso, Miguel? O que está acontecendo?
— Pobre dr. Carlos.
— Calma, Miguel, ele vai ficar bem.
— Eu preciso ir visitá-lo. Onde ele está?
— Eu vou com você.
— Não! Eu preciso ir sozinho. Eu preciso falar com ele.
— Vamos tomar um café.
— Eu me meti numa roubada, Pedro.
— Conta comigo.
— Eu não posso. Onde ele está internado?
— Na Beneficência Portuguesa.
— Eu preciso ir até lá.
— Espera. Eu te levo.
— Não. Eu preciso ir sozinho.
— Vou pegar a viatura. Eu te levo e fico esperando lá embaixo.

Na viatura Miguel volta a se calar. Lágrimas escorrem sem que seu rosto expresse emoção alguma.
— Ele tentou se matar?
— Só disseram que ele se mutilou. Não especificaram como, nem o que fez. Deve ter cortado os pulsos.
— Pobre homem.
— Miguel, você está abalado com o caso do ex da Sueli. Isso te deixou muito vulnerável. Fica calmo, nós vamos resolver essa parada.
— Eu sei.
— Procure se acalmar ou você vai acabar tendo um treco.
— Eu sei. É que não é isso.
— Então o que é?

— Eu não posso falar...
— Abre o jogo, Miguel. Você sabe que pode contar comigo.
— Eu ainda não posso falar.
Pedro estaciona a viatura na porta do hospital.
Miguel desce.
Pedro acende um cigarro.
Pedro deixa a viatura e caminha até um ambulante. Compra Fandangos e volta à viatura. Logo em seguida surge Miguel.
— Não me deixaram subir. Ele ainda não pode receber visitas.
— Descobriu o que aconteceu com ele?
— É tudo tão absurdo.
— O que foi?
— Ele decepou o dedão dos dois pés com uma tesoura de destrinchar frango e depois tentou mutilar o próprio pau.
— Caralho!

II

Osvaldo, dentro de um veículo no pátio de outra delegacia, resume a história da humanidade para um investigador.
— Quando o dedo polegar do pé se desenvolveu, o homem conseguiu se erguer. Essa aparentemente insignificante mudança alterou a pressão sanguínea do cérebro. As habilidades manuais, que já mereciam destaque entre os símios, tornaram-se ainda mais sofisticadas e precisas. A alteração da pressão intracraniana causou uma nova redistribuição na irrigação do cérebro, passando, assim, a *iluminar* regiões adormecidas dele. Esse órgão adquiriu um pregueado mais complexo, e à força disso o homem desenvolveu uma nova percepção do mundo a sua volta. O aperfeiçoamento das habilidades manuais em conjunto com as novas regiões iluminadas possibilitaram ao homem contro-

lar o fogo. Ao se erguer e dessa forma poder caminhar, muito embora um filósofo tenha afirmado que o andar é apenas uma queda interrompida, o homem pôde se locomover com maior velocidade e percorrer distâncias cada vez maiores. Então, o homem se tornou nômade, e assim se manteve durante um longo período. E sabe por que o homem se tornou nômade?

— Nômade é aquele que não se fixa, né? Aquele que viaja e tal. Não é isso?

— Isso. E sabe por que o homem não se fixava?

— Porque podia andar?

— Não. O homem deixava tudo para trás porque não sabia lidar com os excrementos. Por essa razão, quando a situação se tornava insuportável, ele seguia adiante. Mas essa é outra história. De qualquer modo, é bem interessante. O homem era nômade para fugir do mau cheiro de seus excrementos.

— Já pensou?

— Muito bem, quando o homem errante descobre a possibilidade de cultivar o solo e de criar pequenos fossos para cuidar dessas questões sanitárias, ele se fixa. Uma vez fixado, agrupa-se. Em grupo, desenvolve a linguagem para transmitir o conhecimento de geração a geração. Buscando nomear todas as coisas, toda matéria e sensação, o homem formata seu cérebro. Entre o quente e o frio, o duro e o mole, *Concordia discors*, simpatia ou antipatia, bom ou mau, *antitheta*. Entre os contrários o homem modelou seu pensamento. Com base na dualidade, binário. O cérebro desde então se fez dicotômico. *Binarius*.

|||

Miguel vai ao casarão de porta estreita. Toca no 72. Ouve ruídos. Risadas e música alta. Demoram a abrir. Uma das garotas ou mesmo Cibele deve estar atendendo algum freguês.

Miguel deveria estar na delegacia, mas fica ali, agachado no corredor escuro. Fuma. Então a porta se abre. Surge um jovem senhor seguido por Cibele.

— Tchau, querido.

Miguel se levanta para ser visto.

— Nossa, gato! Que surpresa agradável.

— Oi. Eu precisava te ver.

— Entra, meu puto.

O puto entra.

Na delegacia, preocupado, Pedro liga no celular de Miguel, mas dá caixa postal.

Em casa, o velho ouve a porta se abrindo.

— É você, Miguel?

Ninguém responde.

O velho abaixa o volume da TV pelo controle remoto.

— Miguel?

Miguel se atraca violentamente com Cibele. Beijam-se como as feras que não saberíamos definir se se amam ou se matam. Miguel vira Cibele com violência e morde sua nuca feito bicho.

— Espera eu tomar uma ducha.

Miguel arremessa Cibele sobre a cama e se deita sobre ela. Ela pretendia se limpar do último programa. Miguel arria suas calças até os joelhos. Desce a calcinha num só movimento. Enfia o pau de uma vez. Morde o rosto de Cibele, enquanto sussurra:

— Eu quero você. Você é minha. Você tem que ser minha.

O velho pega o ferro de passar como se fosse arma e caminha lentamente em direção à porta.

— Eu tô armado! — grita.
O telefone sem fio está na cozinha.
Vemos o rosto transtornado de Joaquim.
O velho se imobiliza procurando apurar os ouvidos.
Silêncio.

— Eu te amo! — sussurra Miguel no ouvido de Cibele, que geme de gozo.
— Mete! Mete, gato. Mete gostoso...
Miguel esporra em grande estardalhaço interno.
Depois, respira com dificuldade e larga as costas sobre o colchão.
Cibele se levanta.
Vemos seus peitos pequenos.
E seu pau ainda duro.

Com muito esforço o velho chega até a porta e verifica se ela está fechada.
Tudo parece em ordem.
A descarga da tensão deixa o velho esgotado, como se ele tivesse acabado de gozar. Respira com dificuldade. Recosta-se na parede e escorre. Desliza as costas até sentar no chão.

IV

Miguel volta ao hospital.
Dr. Carlos já pode receber visitas.
Ao entrar no quarto individual, Miguel reconhece a mulher do dr. Carlos sentada ao lado do leito. Folheando uma revista.
— Como vai, minha senhora? Não sei se a senhora se lembra de mim.
— Claro. Como vai?

— Tudo bem, minha senhora. E ele como está?
— Está dormindo um pouco. Está sedado.
— Que coisa, não é mesmo?
— Cada um colhe o que planta.
Miguel percebe o rancor na voz de dona Rodrigues. Só então se lembra de entregar a caixa de bombons baratos que comprou na lanchonete do hospital.
— Você pode ficar aqui um pouco? Caso ele acorde. Estou louca para fumar um cigarro.
— Por favor, fique à vontade.
— Eu não demoro.
Miguel senta no pequeno sofá paralelo à cama. Mantém os olhos fixos em Carlos.
Em seus pensamentos surge, em *flashback*, imagens da transa com Cibele.
O silêncio é pesado. Miguel toma coragem. Desajeitado, acaba se levantando de forma brusca e se aproxima de modo desmedido da cabeça inconsciente do delegado plantonista. Quase encosta a boca na orelha do doutor. Então Miguel sussurra:
— Dr. Carlos... Dr. Carlos, eu sei que o senhor pode me ouvir. Eu sei que em algum lugar dentro de você... você pode me ouvir... Eu preciso da sua ajuda...
Nesse momento, dona Rodrigues volta ao quarto. Miguel fica sem graça. Tenta se justificar.
— Eu estava dizendo coisas positivas... A senhora sabe...
— Coisas positivas? De que tipo?
— Eu vi uma vez na televisão que mesmo pessoas em coma podem... Como se diz?
— Como vou saber?
— Não é que elas, propriamente, possam entender, mas de certa forma elas acabam captando... Como vou explicar?
— Deixa pra lá.

— Não. É que eu queria conseguir explicar o que quero dizer, mas me faltam palavras...
— Não precisa explicar nada.
— Não, minha senhora, eu não estou tentando me justificar, só estou tentando dizer o que vi na TV. É essa coisa do pensamento positivo, a senhora deve saber do que eu estou falando...
Dona Rodrigues lança um olhar de desprezo. Miguel silencia.
Olha para os próprios pés.
Quando recobra a cor, se levanta.
— Bom, eu acho que vou... indo.
— Eu digo que o senhor veio visitá-lo. Como é mesmo o seu nome?
Miguel estende a mão para despedir-se.
— Miguel. Eu me chamo Miguel.
— Eu direi que você veio. Obrigada pela visita.

V

Miguel permanece no carro com o motor desligado. Deveria estar na delegacia. Acende um cigarro. Dá partida, mas não engata a marcha.
Miguel começa a tremer.
Então arranca.
Volta à casa de Cibele.
É Tamíris quem abre.
— Vamos entrando.
— Cadê a Cibele?
— É só com ela, querido? Não serve *eu*?
— Você não se lembra de mim? Estive aqui outro dia... Sou amigo da Cibele.
— E não quer nem me experimentar?

— Não é isso, é que realmente preciso falar com a Cibele.
— Ela está atendendo um cliente. Senta. É melhor sentar se quiser esperar.
— Eu espero.
Miguel está tenso.
Rói a cutícula.
Olha no relógio.
Desvia o olhar da cova da múmia.
Balança o pé.
— Quer beber alguma coisa?
— O que você tem?
— Uísque, Campari e vodca.
— Eu vou aceitar um uísque.
— Vou pegar pra você, gostoso.
Miguel começa a analisar Tamíris. Será homem ou mulher?
Tamíris entrega o uísque.
— Obrigado.
O uísque tem gosto de mertiolate.
Com poucas bicadas Miguel já sente o seu poder.
A porta do quarto de Cibele se abre. Sai um jovem senhor.
Miguel o fuzila com os olhos.
— Você voltou, gato? Esqueceu alguma coisa?
Miguel puxa Cibele pelo braço. Arrastando-a de volta para o quarto.
Tranca a porta.
— Eu quero você.
— De novo?
Miguel não responde. Avança. Bota Cibele de quatro e enfia sem dó.
— Isso, tesão! Me fode!
Miguel fode.

# 6

O velho Joaquim abre suavemente a porta do quarto. Na penumbra procura identificar as formas do que repousa na cama. Julgando ser Miguel, ele se aproxima lentamente e cutuca seu ombro.

— Miguel.

— Miguel?

Um calafrio percorre a espinha do velho. O velho vira os olhos e cai. Miguel entreabre os olhos. Procura acordar. Sente ter ouvido a voz do pai chamando-o. Não tem certeza se sonhava. Olha ao redor, mas não vê ninguém. Miguel volta a dormir.

Sueli no salão, revoltada, telefona para o celular de Miguel. Caixa postal. Sueli bate o fone com força. Decide ligar para a delegacia. Na delegacia informam que já faz dois dias que Miguel não aparece. Pedro diz que Miguel anda meio adoentado.

Sueli desliga e torna a ligar. Desta vez para a casa de Miguel. Semiconsciente, Miguel ouve o telefone, levanta na penumbra e, atordoado pela sonolência, vai procurar o aparelho. Ao dar o segundo passo, Miguel tropeça no corpo desfalecido do pai. Caído próximo à cama.

Preocupada, Sueli volta a ligar na delegacia. Pede para falar com Pedro.

— Oi, Sueli, conseguiu encontrar?

— Não, e estou muito preocupada. Estou com uma sensação muito ruim. Eu liguei para a casa dele e nem o seu Joaquim atendeu.

— Vai ver que eles saíram. Será que o Miguel não foi levar o pai no médico? Será que eles não foram ao mercado?

— Eu não sei.

— Você está chorando?
— Já faz três dias que o Miguel não me procura.
— Vocês brigaram?
— Não! Mas teve uma coisa no Natal... O Miguel ficou muito chateado comigo. Isso está me deixando muito preocupada. Eu estou com medo que o Miguel faça alguma besteira.
— Fica tranquila, eu vou procurá-lo.
— Você me liga? É que eu não posso deixar o salão.
— Fica tranquila, assim que eu souber de alguma coisa te ligo. Me dá seu telefone.

Miguel percebe o corpo do pai. Levanta bruscamente e acende a luz.
Confere que o pai respira.
— Pai? Pode me ouvir?
O velho recobra a consciência. Aponta para o teto sem nada dizer. Miguel levanta a cabeça e vê dezenas de moscas no teto. Estáticas sobre a cama.

II

Pedro dirige a viatura. No banco de trás Miguel ampara o pai num abraço. Ironicamente o velho é levado ao mesmo hospital em que convalesce o delegado de plantão.
Um enfermeiro traz a cadeira de rodas e ajuda a acomodar Joaquim. Miguel e Pedro dão entrada no hospital. Um médico examina o velho.
— O que aconteceu?
— Eu acordei e encontrei ele caído. Ele recobrou a consciência, mas não está falando. Ele tenta, mas parece que não consegue falar.
— Nós vamos interná-lo.

— O que é, doutor?
— Provavelmente um AVC.
— Sei. E que porra é essa?!
— Calma. Não vai ajudar nada você ser indelicado.
— Desculpe, mas o senhor não poderia ser mais claro?
— Provavelmente ele sofreu um acidente vascular cerebral. Um derrame. Só vamos saber após os exames.

Miguel cruza a porta do hospital e se junta a Pedro, que fuma sentado no muro.

— E então, o que houve?
— Parece que o velho teve um derrame.

Pedro põe a mão no ombro do amigo.

— Fica calmo. Ele vai sair dessa.

Miguel balança a cabeça quase afirmativamente.

— A Sueli está desesperada. Eu liguei pra ela. Ela estava atrás de você.
— Merda.
— Ela está vindo pra cá.

Nesse momento Sueli corre em direção a eles e abraça Miguel de forma desesperada.

Miguel fica imóvel.

— Como ele está?
— Estão examinando.
— E você?
— Eu?
— Nem fez a barba, voltou a fumar...

Miguel não responde.

— Eu quero ver o seu pai.
— Precisa esperar. Ele foi para a UTI.
— Meu Deus!
— Vamos tomar um café.

Sueli treme ao ser convidada. Pressente. Miguel e Sueli caminham em silêncio até a lanchonete do hospital.

— Senta, Miguel, eu pego o café. Quer comer alguma coisa?
— Não. Só o café.
Do balcão Sueli observa Miguel. Lança para ele um meio sorriso e um olhar piedoso.
Miguel parece vestir a máscara da indiferença.
A mocinha entrega dois cafés e um pão de batata numa bandeja amarela.
Sueli se acomoda na pequena mesa redonda.
— Não quer um pão de batata?
— Precisamos conversar.
Sueli baixa os olhos.
Miguel faz bico ao dar o primeiro gole no café.
Queima os lábios e, numa ação reflexa, afasta bruscamente a xícara dos lábios, derramando metade do café na coxa. Ao se queimar, esbarra na mesa, derrubando a xícara de Sueli sobre a perna dela, e ela se levanta bruscamente, derrubando a cadeira e fazendo com que o triste senhor da mesa ao lado também derrame o café que tomava enquanto planejava o sepultamento do filho acidentado.
— Me desculpem! — grita Miguel, enquanto gesticula de forma arrítmica.
Miguel começa a pôr sobre a perna guardanapos de papel, um papel lustroso que nada absorve, tentando arrumar a cagada que acabou de fazer. Pega um punhado do mesmo guardanapo e entrega a Sueli. Arranca mais um punhado, caminha até o senhor aturdido e lhe oferece o papel, enquanto dá uns tapinhas no ombro dele, pedindo desculpas.
— Eu vou pegar outro café para o senhor. Me desculpe.
— Não precisa.
— Por favor — diz, levando as mãos ao peito. — Faço questão.
Miguel gesticula para apressar Sueli, que corre ao balcão e pede outro *espresso*.

— Puro?

— Com um pouquinho de leite — diz o senhor.

Enquanto paga, Sueli se ofende ao ver que as mocinhas atrás do balcão mal conseguem se conter. Acalmada a situação, com os cafés devidamente repostos, Miguel volta ao seu lugar.

Então é Sueli quem toma a palavra:

— Quando um homem diz a uma mulher: "Precisamos conversar", não há mais nada a ser dito.

Miguel não diz nada.

Enquanto espera o café esfriar.

## III

Joaquim é levado para o quarto. O diagnóstico foi confirmado.

Miguel cochicha com um homem mais velho e uma moça mais jovem. Gabriel e Justina, seus irmãos.

— Eu venho mais tarde. Tenho alguns assuntos para resolver.

Miguel olha para o pai adormecido e sai pelos corredores da casa de saúde, repleta de doentes. Cobre a nódoa da calça com um prospecto do hospital.

Miguel toma um táxi até a casa de Cibele.

É ela quem abre.

— Oi. — Cibele oferece o rosto para ser beijado.

— Oi. — Miguel beija o rosto.

Cibele conduz Miguel para o quarto segurando sua mão.

— Miguel, nós precisamos conversar.

Miguel paralisa o ataque.

— Fale.

— Eu adoro você, sei que você é polícia, mas o meu tempo é o meu ganha-pão.

Miguel entende o recado. Como se tivesse levado uma punhalada.
— Claro. Eu entendo. — Procura disfarçar.
Miguel puxa a carteira.
— Eu pago. Quanto é?
— Eu cobro oitenta por meia hora. Cento e cinquenta a hora.
Miguel retira uma nota de cinquenta, duas de vinte, uma de dez, e mais quatro de um.
— Olha, é tudo o que tenho.
Cibele apanha, sorrindo.
Põe as notas sobre o criado-mudo.
Lança um olhar de desafio.
Miguel avança sobre sua boca.
Beijam-se.
*Fade.*

Som da respiração de Miguel.
O menino em sépia aspira profundamente o cão que putrefaz.

## IV

Miguel acorda com o som da mosca que sobrevoa seu rosto.
Um rápido calafrio percorre seu corpo.
Cessa assim que ele identifica onde está.
Na cama de Cibele.
No quarto de Cibele.
Na casa da múmia.
Cibele dorme ao seu lado.
Miguel retira o lençol que cobre seu corpo.
Observa Cibele nua.

Acaricia os pequeninos seios.

Beija os mamilos rosados com delicadeza.

Cibele suspira docemente.

A mão bruta e peluda de Miguel desliza lentamente pelo torso até o ventre.

Miguel declina a cabeça. Recolhe com a boca o pequeno órgão de Cibele.

Miguel mama o pau impúbere.

Enquanto se masturba.

Cibele, semidesperta, sorri.

Miguel perde a delicadeza ao perceber que ela acorda. Vira Cibele de bruços, enquanto força o pau entre as coxas de Cibele.

Aos poucos a cadência vai mudando, seguindo o ritmo dado por ela, até o movimento se tornar afetuoso. Para aumentar o prazer da amante, Miguel retribui acariciando o pau de Cibele.

Miguel está em casa. Pragueja enquanto esfrega seguidamente o corpo. Maldiz a si mesmo.

Não consegue limpar a mancha que sente. A mistura de nojo e prazer por amar a semelhança. Ao sair do chuveiro, se esfrega na toalha como se o corpo não fosse o seu. Veste o roupão. Anda pela casa deserta. Faz café. Corta uma fatia generosa do bolo de fubá que o pai compra no mercado. Carrega o prato e o copo para a sala. Mastiga enquanto observa a pequena árvore, o pinheiro de plástico, que já não pisca.

Liga a TV sem volume. Imita o pai assistindo ao canal que oferece tudo aquilo de que ninguém precisa. Não chega a rir, apenas mastiga o bolo e bebe café no copo de geleia de mocotó.

A noite avança. Em fusão de planos vemos Sueli com seu

penhoar esgarçado, que um dia foi rosa. Solitária na pequena cozinha. Bebendo o resto de um espumante que sobrou do Natal. Sobre a mesa um pedaço de panetone ressequido.

Os outros dormem na madrugada da casa.

Sueli se levanta lentamente. Seu rosto está marcado. Parece ter chorado muito, mas agora revela serenidade. Sueli abre todas as bocas do fogão.

Mas não risca o fósforo.

Vai se deitar.

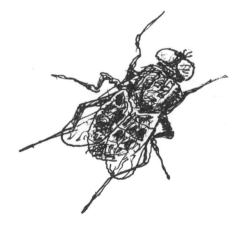

# 7

|

Miguel está no quarto com o pai moribundo.
A TV está ligada.
Sem volume.
O pai dorme o sono induzido.
Profundo.
Miguel, silencioso, vai ao banheiro fumar.
Passará a noite velando o pai.
Joga a bituca no vaso e puxa a descarga.
Volta ao quarto e observa o pai imóvel.
Aproxima-se e verifica o pulso.
O coração bate lentamente.
Desliga a TV.
Arrisca uns passos no corredor do hospital.
Há uma enfermeira no balcão que fica no centro do andar.
Volta.
Deita.
Pensa em Cibele com desejo.
Volta ao corredor, entra no elevador e sobe dois pisos.
Todos os andares são o mesmo.
O mesmo número de quartos.
O mesmo balcão.
E em cada um deles
talvez
a mesma enfermeira.
Miguel resolve espreitar o quarto do dr. Carlos.
Toma fôlego diante do apartamento.
Entreabrindo a porta, avista dona Rodrigues no sofá-cama, em sono profundo.
De onde está, só consegue ver as pernas do dr. Carlos. E os pés, que tiveram os dedos amputados.

Ao avançar mais um passo, tem a desconcertante surpresa de perceber dr. Carlos de olhos abertos contemplando a escuridão.

Ao notar o movimento, Carlos volta o olhar e vislumbra a silhueta de Miguel, que se recorta contra a luz na porta.

— Quem está aí? — pergunta Carlos terrivelmente assustado.

— Sou eu, dr. Carlos, Miguel.

— Miguel?

Carlos estende os braços na direção de Miguel.

Miguel se aproxima lentamente.

Vacilante.

Quando entra no campo de alcance das mãos do dr. Carlos, Miguel tenta recuar, mas as mãos desesperadas do delegado agarram seu pulso. Com uma força descomunal dr. Carlos segura o braço de Miguel com a mão direita enquanto a mão esquerda dá o bote, agarrando sua nuca e trazendo Miguel para junto dele. Junto de seu rosto.

Então, o delegado plantonista beija o rosto de Miguel e sussurra choroso:

— Miguel. Me perdoa, meu anjo.

— Dr. Carlos, eu preciso conversar com o senhor.

— Me perdoa?

— Não há nada para ser perdoado. Está tudo bem.

— Você me libertou do êxtase profano. Foi por sua causa que fiz o que fiz, para poder me libertar.

— Por favor, dr. Carlos...

— Não me chame de doutor.

— Eu preciso muito falar com o senhor.

— Não me chame de senhor, meu filho... Meu Miguel anjo.

— Dr. Carlos...

— Psiu... Venha pela manhã, lá pelas sete minha mulher desce para tomar o café. Então nós poderemos conversar em paz.

— Eu virei.

Miguel desliza até a porta.
— Ei — sussurra Carlos.
Miguel se volta.
Carlos faz positivo.
Miguel balança a cabeça quase positivamente.

II

Amanhece.
Miguel fuma no banheiro, sentado na privada.
Confere as horas.
Seis.
Um enfermeiro entra no quarto no momento em que Miguel deixa o banheiro.
— Bom dia.
— Não é permitido fumar no hospital.
Miguel não responde.
O enfermeiro injeta uma solução no soro de Joaquim.
Mete o termômetro.
Mede a pressão.
Põe uma espécie de dedal, ligado num aparelho que faz "pi".
Pega a prancheta pendurada nos pés da cama e aponta algo criptografado.
Chega o carrinho trazendo o café da manhã.
Suco de laranja, torrada, uma pequena porção de manteiga e outra de geleia.
Café, leite e uma pera.
Entra uma enfermeira gorducha.
— Bom dia, seu Joaquim.
Acendem a luz.
O velho abre os olhos.
Ainda não pode falar.

Murmura.

Faz cara de dor e gesticula como se pedisse que o deixem em paz.

Miguel beija sua testa.

— Eu vou aproveitar que o senhor tem companhia e vou tomar um café na cantina. Volto logo.

O enfermeiro, que deixava o quarto, não perde a deixa:

— Assim o senhor aproveita e vai fumar lá fora.

Miguel entra no elevador e desce.

Na cantina, pede café e pão de batata sem recheio.

Senta-se na mesma mesa em que rompeu com Sueli.

Miguel tem o olhar aflito.

Confere o relógio.

Ainda dispõe de tempo.

Sai para fumar.

Fuma.

Tosse.

Escarra e volta ao quarto.

Desta vez o quarto do dr. Carlos.

Carlos está só.

— Miguel! Entra, meu filho.

Dr. Carlos estende a pata de leão.

Cumprimenta. Depois leva a mão de Miguel até a boca e beija.

— Miguel, aquela noite em que os nossos destinos se cruzaram me fez acordar. Me desculpe ter te ameaçado, saiba que isso me envergonha. Só me cabe pedir perdão. Me perdoa?

— Está tudo bem, dr. Carlos.

— Por favor, me chame de Carlos.

— Desculpe.

— Não, sou eu que peço desculpas. Me perdoa.

— Carlos, eu preciso saber por que você fez isso.

— Miguel, isso não importa, você não iria entender.

— Me diga apenas uma coisa. O que o senhor fez tem a ver com a moça?

— Moça? Aquilo não é uma moça, Miguel. Quer dizer então que você nem havia notado?

— Notado?

— Miguel, por que você acha que eu quis te transferir?

— Porque eu flagrei o senhor tendo um caso extraconjugal.

— Então você não se deu conta?

— Só me dei conta depois.

— Depois quando? Quem te falou?

— Ninguém me falou nada. E é justamente sobre isso que eu tanto preciso falar com o senhor.

— Não, Miguel... Não me diga que...

Miguel baixa os olhos.

Silencia.

— Você foi atrás dela? Entendi, queria se vingar de mim e foi atrás dela. É isso? Tudo bem, eu entendo.

— Não, eu juro para o senhor que não fui atrás dela.

— Eu entendo, Miguel. Juro que entendo. Você ficou puto. Eu entendo...

— Não, dr. Carlos. Simplesmente aconteceu. Foi uma tremenda coincidência. Eu não fui atrás dela. Nossos destinos se cruzaram. E agora eu estou completamente louco por ela.

— Não. — Carlos cobre o rosto com as mãos.

Carlos perde a fala. Os lábios perdem a cor.

Seu rosto está pálido.

Trocam olhares.

Para surpresa de Miguel, o olhar de Carlos não é de ciúme ou de raiva.

É de preocupação.

— Meu Deus, Miguel! Você me salvou em troca de sua própria danação.

— Eu só consigo pensar nela.

— Santo Deus! Miguel, você precisa de ajuda.
— Eu sei... Quer dizer, será?
— Miguel, eu só quero saber uma coisa.
Nesse momento dona Rodrigues entra em cena.
— Por favor, Marta, eu estou no meio de uma conversa muito importante, não nos interrompa!
— Eu já estou de saída. Só vim pegar minha bolsa.
Carlos demonstra profunda preocupação.
— Foi o senhor que esteve aqui outro dia, não foi?
— Sim. Como vai, minha senhora?
Dona Rodrigues mede Miguel da cabeça aos pés.
Depois sai sem dizer nada.
— Feche a porta, Miguel.

III

Miguel corre até o estacionamento.
Está aflito.
Tenta dar partida.
O carro não pega.
Miguel desce e bate a porta com toda a força.
Depois começa a esmurrar o carro.
Chutar.
O segurança do estacionamento corre até ele, mas, ao ver a expressão de seu olhar, prefere resolver as coisas na conversa.
— Esse veículo é seu, senhor?
Miguel tira os documentos do bolso e entrega ao segurança.
— Pode ficar com ele.
Miguel dá as costas para o homem. Corre até o ponto de táxi.
Durante a corrida o celular de Miguel não para de tocar.
No visor lemos Rebeca.

No visor do aparelho que vibra e toca, largado no banco de trás do Uno abandonado.

O motorista estaciona no pátio da delegacia.
Miguel paga e corre.
Descobre que Pedro saiu numa diligência.
Aciona o amigo pelo rádio.
— Pedro? Pedro, é Miguel, copia?
— Miguel, eu estou na escuta, câmbio.
— Pedro, eu preciso de você.
— Onde você está?
— Na delegacia, câmbio.
— Me aguarde aí.
Miguel ia atravessar a rua em direção à padaria quando dá de encontro com Osvaldo.
— E aí, rapaz? Você sumiu.
— Me desculpe, Osvaldo, mas agora não posso falar com você.
— Calma, Miguel! Que que há?
— Me deixa em paz, por favor.
Miguel volta à delegacia.
— Espera! Deixa só eu te falar uma coisa.
— Você está de carro?
— Estou, por quê?
— Você me levaria até Mogi das Cruzes?
— Agora?
— É. Já.
— *Vambora*!
Miguel está muito suado, o rosto vermelho.
Barba por fazer.
Olheiras.
Extremamente agitado.
— Calma, rapaz. Assim você vai acabar tendo um treco.

— Vamos.
Osvaldo tem um Escort caindo aos pedaços. Mostarda, conversível.
— É mulher?
— O quê?
— O que te leva a Mogi.
— Não... Não tem nada a ver.
— Você ficou sabendo do dr. Carlos?
— Fiquei.
— Porra! Que coisa, não?
— É.
— O cara tesourou os dedos... Caralho! Que será que deu no homem?
— Eu não sei.
— O pior é que rola cada boato cabeludo...
— Que tipo de boato?
— Porra! Tão dizendo por aí que o delegado tava de caso com uma bichinha.
— Esse povo fala demais.

## IV

Miguel fecha a porta do quarto em *flashback*.
— Miguel, eu só quero saber uma coisa.
— Pode falar, dr. Carlos. O que é?
— Você teve algo com essa tal criatura?
Miguel faz sim com a cabeça.
— Puta que pariu!
— Me desculpe, doutor.
— Não é por mim que lamento.
— Eu não sei o que está acontecendo comigo.
— Só mais uma coisa, Miguel, você acredita em Deus?

— Bem... Eu não acredito nesse Deus barbudo, mas eu acredito...

— Ah, não! Não me venha com essa de que acredita numa energia...

— Bom, é isso.

— Que pobreza de lugar-comum. Miguel, você acredita em espíritos?

— Bom, em espíritos eu acredito.

— Assim é melhor. Procure aí no armário a minha carteira. Deve estar no meio dessas mudas de roupa, no bolso da camisa ou da calça.

— É essa?

— Isso. Me dê aqui.

Miguel entrega a carteira a Carlos.

— Me arruma uma caneta.

Miguel tateia sua roupa.

— Eu estou sem.

— Vê se consegue com uma das enfermeiras.

Miguel sai ao corredor.

Carlos tira um de seus cartões de visita.

Miguel volta com uma Bic.

Carlos anota um endereço no verso do cartão.

Depois vira e ao lado de seu nome desenha o símbolo λ.

— Você nunca frequentou a maçonaria, não é mesmo?

— Não, nunca frequentei, mas sei o que é.

— Você pensa que sabe. Porra, Miguel! Como você se meteu numa dessas sem nem ao menos ser um iniciado? Como você foi se envolver com essa criatura?

— O senhor ficou sabendo do caso da múmia?

— Não foi durante o meu plantão, mas eu ouvi falar. Por quê?

— Eu e o Pedro atendemos a ocorrência. E a múmia estava justamente no apartamento da Cibele.

— Porra! Eu devia ter imaginado.

— O senhor não estranhou o buraco que fizeram na parede?

— Eu não frequento aquele antro. Nós só nos encontrávamos naquele motel.

— Pois é, eu frequento o antro.

— Miguel, você só tem uma chance de salvação.

— Entendi, não devo mais procurá-la.

Carlos ri.

Pelo nariz.

— Pobre-diabo. Eu não entendo por que ela foi se meter com você.

— Eu sou tão feio assim?

— Alguma vez você chegou a cruzar com algum dos clientes?

— Algumas vezes.

— E nunca lhe chamou a atenção que todos eles usavam preso à gravata, ao paletó ou ao bolso da camisa um alfinete com uma pequena insígnia?

— Eu nunca reparei.

— Só há uma forma de salvação para você, meu filho.

— Eu já entendi. Prometo que vou me esforçar para nunca mais encontrá-la.

— Não, você não está entendendo a gravidade do assunto. Você não tem força suficiente para conseguir se afastar, assim como eu não tive. Por isso fiz o que fiz. E essa é a única forma de você conseguir se salvar.

— O senhor está sugerindo que eu devo amputar os dedos? É isso?

— Não. Eu amputei os dedos porque estava num grau muito mais elevado. Será preciso que você... Você já ouviu falar em Skoptsi?

— Nunca.

Carlos arfa.

— Eu vou resumir... Já ouviu falar de Rasputin pelo menos?

— Claro. Rasputin, eu sei quem é.

— Rasputin pertencia à Skoptsi. A Skoptsi é uma seita cujos iniciados, para se libertarem da tentação do mundo carnal e sobretudo para amarem unicamente sua deusa, se mutilam. Os sacerdotes e discípulos da Skoptsi se castram num rito em homenagem à deusa Cibele.

— Deusa Cibele?

— Esse é um culto antigo, seu apogeu foi na Babilônia.

— Cibele?

— É claro que a "nossa" Cibele tem esse cognome em respeito à deusa. Se você puxar a ficha de Luís Dias, vai saber quem de fato é esse pederasta do capeta. Miguel, você está se dando conta do tamanho da encrenca em que você se meteu?

— Para ser sincero, estou boiando.

— Miguel, nós estamos em guerra. Neste exato momento existe uma guerra monumental.

— Olha... Poxa... Eu não sei se acredito nessas coisas, doutor.

— Não importa se você crê ou não. A guerra existe.

— Guerra? A tal da guerra santa, é isso?

— Digamos que isso é apenas uma guerrilha interna. Miguel, eu não posso censurá-lo por não acreditar em mim. Eu mesmo só despertei agora. Eu estava envolvido demais com a maçonaria e vinha sendo iludido.

— O senhor está tentando falar sobre a teoria da conspiração, não é mesmo? Olha, dr. Carlos, eu não acredito nessas coisas do Sião, ou em qualquer dessas histórias de conspirações.

— Miguel, "a civilização é uma conspiração". Mas essa é outra pequena batalha. Eu falo de uma guerra cósmica, Miguel. O que está contido nesses livros que, de tempos em tempos, nós e a Polícia Federal perseguimos são mensagens cifradas escritas não por autores, mas por compiladores, e eu te asseguro que, por mais absurdo que possa parecer, o livro onde se pode encontrar a verdade é o famoso "livro de capa preta" que tanto perseguimos.

— Eu nunca entendi realmente por que esse livro é tão perseguido. É apenas um livro de sabedoria popular.

— Pois é, a metáfora é por demais popular, mas, se você tivesse acesso, como eu tive, à tradução do manuscrito original, você então perceberia o que de fato está em cifra nessa edição popular. Miguel, eu te asseguro, se você pudesse ter acesso a isso, se pudesse decifrar, você entenderia por que esse livro é chamado de "Antibíblia".

— Se, como diz o senhor, eu estou envolvido nessa luta cósmica, por que o senhor não me diz do que se trata afinal?

— Você quer realmente saber?

— Se eu quiser, o senhor vai me dizer? Se eu não sou um iniciado, por que o senhor não vai direto ao assunto e me inicia de vez?

— Vamos fazer o seguinte, eu vou te dar duas opções: a paixão ou o saber. Ou seja, ou você vai a este endereço que anotei no cartão e procura ajuda espiritual e deixa que os iniciados cuidem do problema e te guiem em sua salvação; este seria o caminho da paixão. Ou eu te revelo o oculto e veremos se você é capaz de suportar tamanho peso. Este seria o caminho do saber. De qualquer modo, você precisará de ajuda, e aqui — Carlos aponta para o endereço anotado no verso do cartão — eles podem te ajudar.

— Eu faço uma contraproposta: o senhor me revela o oculto e eu decido se vou buscar ajuda ou não.

— Não existe essa possibilidade. Quando se sabe muito, já não se pode sentir.

— Mas o senhor parece tão aflito para me ajudar. Isso não é sentimento?

— Isso é desespero. E esse é o único sentimento que guardamos depois de saber.
— De qualquer forma, eu prefiro saber.
— Se é o que você deseja, que assim seja. Se você quiser, eu te revelo o oculto, mas em troca você vai imediatamente a Mogi das Cruzes e procure nesse endereço por um homem chamado Al Said Ali.
— Combinado.
— Promete?
— Prometo.
— Só não esqueça que a queda do homem consiste no fato dele ter provado do fruto da árvore da sabedoria.

## V

Osvaldo estaciona o carro em frente à porteira de uma chácara em Mogi das Cruzes.
— Obrigado.
— Você fica me devendo uma história.
— Então eu vou te contar a minha e, se você quiser, você escreve um livro.
— E qual seria o título de um livro que contasse a sua história?
— "Os demônios", eu garanto, seria um bom título.
— Então será "Miguel e os demônios".
— Que seja.
Miguel estende a mão.
Osvaldo a aperta.
— Continue com os seus livros, Osvaldo. Continue a ler os filósofos. Eu te garanto que não há nada melhor que a ficção.
— Miguel, não se iluda, tudo é ficção. Não leve nada

muito a sério, esse é o segredo da vida. Desfrute do tempo que te cabe. Não alimente os monstros, porque eles só crescem.

— Isso é uma grande verdade. O problema é que nós não alimentamos os monstros, são eles que nos alimentam.

Miguel desce do carro e o contorna até a porta do motorista.

Então se inclina e diz:

— Não pense, Osvaldo, que você sabe das coisas, você não sabe de nada.

— Isso quase parece uma ameaça, meu velho. Que está acontecendo, Miguel? O que te perturba tanto?

— Nada. Não adiantaria falar, você é arrogante demais para entender.

— Eu sou arrogante?

— É. Você vive querendo impressionar os outros com o que acha que sabe, mas eu garanto: você não sabe de nada.

— Mas sou eu quem vive te pedindo que me conte histórias, Miguel. Então? Por que você diz que eu digo que sei de tudo? O que eu sei, afinal? Quando foi que eu disse a você que sei das coisas?

— Você sempre repete o que já foi dito.

— Por falar em citação, vou te dar mais uma: em resposta à célebre declaração de Sócrates, que disse "saber que não se sabe de nada", Arcésilas, um antigo filósofo, disse que isso já era saber demais, ou seja, que nem isso ele sabia.

— Agora você quer dizer que não sabe de nada, e não sabe mesmo. Só te digo uma coisa, caro Osvaldo, o caminho não tem volta.

— Miguel, ninguém caminha em linha reta. Não estamos numa estrada. Nosso caminho é o labirinto, quando muito voltamos ao mesmo lugar. Não seja tão apocalíptico.

— Chega desse jogo. Eu tenho algo realmente importante

para fazer. De qualquer forma, apesar da sua arrogância, agradeço a carona.

— Eu sou como Arcésilas, eu sou como Pirro, o pai do ceticismo, que nos ensinou que nada é nobre ou vergonhoso, justo ou injusto; nada existe do ponto de vista da verdade; os homens agem apenas segundo a lei e o costume. Cada coisa não é mais isso do que aquilo.

— Não adianta falar com você. Você é o Papai Sabe-Tudo, não é mesmo? Então por que você só faz citação? Se você só repete o que os outros dizem, o que sabe você afinal?

— Eu sei que o saber é uma moeda de troca. Não há valor em amesquinhar e guardar.

— Tá legal. Um abraço.

— Miguel. O ouro tem o valor que lhe atribuímos.

Miguel avança a porteira.

# 8

|

Pedro procura desesperadamente localizar Miguel.
O celular não atende.
Pedro precisa anunciar a tragédia.
Sueli, sua irmã e as duas meninas
estão mortas.
Revoltado, Pedro volta ao prédio de Augusto, o ex da ex.

Pela ironia do acaso, não havendo vaga para estacionar, Pedro dá a volta no quarteirão e justamente na rua de trás avista Augusto saindo de um bar. Pedro o reconhece de imediato. Não poderia esquecer aquele rosto. A foto da ficha de sua antecedência criminal.

Pedro baixa o vidro do passageiro como se estivesse perdido, buscando informação.

Prontamente Augusto se inclina.

— Augusto?
— Sou eu.

Pedro mostra a credencial.

— Precisamos conversar. Entre no carro.
— O que você quer?
— Infelizmente não trago uma boa notícia.
— Desembucha.
— Por favor, entre no carro. Preciso que você me acompanhe ao IML.
— Por quê? O que aconteceu?
— Entre, por favor.

Um pálido Augusto senta no banco do passageiro, ou do réu.

— O que está acontecendo?

Pedro arranca com a Besta Negra, o apelido do Opala frio.

Então desfere o golpe:

— Sua mulher e suas filhas estão mortas.

— Quem é você? Que porra de brincadeira de mau gosto é essa?
— Vida. Esse é o nome.
Augusto parece desconcertado.
Mesmo não acreditando na história, pressente que há algo de errado.
Pedro pisa fundo.
— Não dá para ir mais devagar?
Pedro ri.


||

— Miguel!
Miguel atravessou a porteira e avança pela estradinha de acesso.
Anda com cuidado. Sente algo ruim.
Como se estivesse sendo observado.
Uma ameaça no caminho silencioso.
Teme pelos cães que sempre guardam as chácaras.
— Miguel!
É então que ouve seu nome e se volta para ver quem chama.
A voz vem de longe.
É Osvaldo.
Para.
Osvaldo corre em sua direção.
Parece perturbado.
Traz o celular
numa das mãos. A mesma com que acena.
Miguel começa a andar em sua direção,
deixando para trás o sítio
de Al Said Ali.

— Miguel.
Osvaldo vai perdendo o fôlego à medida que se aproxima.
Quando chega, já não pode falar.
Passa o celular para Miguel e se curva, apoiando, curvado, as mãos nos joelhos.
Miguel pega o aparelho.
Em vez de ouvir uma voz, ouve um chiado terrível.
— Não dá para ouvir nada. Está sem sinal. Quem era?
Osvaldo gesticula para que Miguel espere que ele possa recuperar o fôlego.
Miguel confere o número e reconhece.
— Era o Pedro. O que ele queria?
— Nós... nós pre...precisamos...
— Posso ligar de volta?
— Não... tem... não tem crédito.
— Vou tentar a cobrar.
Miguel tecla e aguarda.
— Fala, Pedro, é Miguel.
Osvaldo observa Miguel.
— Mas o que aconteceu?
— Eu estou ouvindo.
Miguel se entorta para ver se o sinal melhora.
— Melhorou pra você?
— Eu ouço bem.
— O que houve?
Miguel tem uma expressão contraída.
— A Sueli? Mas o que aconteceu?
Miguel começa a andar em direção ao carro.
Osvaldo acompanha Miguel.
— Fale de uma vez!
Miguel paralisa.
Osvaldo o abraça.
A câmera se afasta.

Osvaldo conduz Miguel até o carro.
Ao sair, bate a porteira.
Surgem dois enormes cães negros.

## III

Dr. Carlos em sépia.
— Você sabe quem é o pai da mentira?
— O Diabo?
— Você quer mesmo vislumbrar o oculto?
— Já disse que quero.
— Então vamos lá! Em 1212 a. C., durante a dinastia do faraó Ramsés II, o Egito possuía uma grande quantidade de escravos oriundos de diversas tribos com costumes diferentes, como hicsos, cananeus, hititas, hebreus, entre tantos outros cativos frutos das inúmeras batalhas e conquistas, como aqueles vindos da Índia e de várias outras regiões da Ásia.
— E onde é que eu entro nessa história?
— Você quer ou não quer saber?
— Desculpe, é que não pensei que o senhor fosse começar tão do começo.
Dr. Carlos silencia.
— Desculpe. Por favor, prossiga.
— Você deve saber que esses grupos eram em sua maioria politeístas ou pagãos. Pois bem, nesse período um pequeno grupo de escravos que evocam suas entidades acabam servindo de intermediários, cavalos, de uma descomunal Potência. Você sabe o que é cavalo na umbanda, não sabe?
— Sei, é o médium. É o que recebe o espírito.
— Não é necessariamente um médium, o termo certo seria *possesso*. Está acompanhando?
— Estou.

— Muito bem. É muito comum que a vítima de possessão... Note que tecnicamente existem dois tipos de possessão: a "autêntica", que é hoje tratada por qualquer psiquiatra como se fosse esquizofrenia, e a possessão "inautêntica", que seria uma "epifania dionisíaca", uma "experiência religiosa". Muito provavelmente aludindo às experiências vividas pelos santos da Igreja Católica. As revelações, visões e êxtases. Pegue um gole de água aí na mesinha para mim, por favor.

Miguel enche o copo e entrega a Carlos, que bebe de um gole só.

Provavelmente em virtude da boca seca de tanta codeína, Miguel deduz.

— Posso prosseguir?
— Claro.
— Quer um pouco de água?
— Não, obrigado.
— Esteja à vontade.
— Pode deixar.
— Bem, resulta que, pelo que consta, até então as manifestações místicas eram apenas uma maneira de celebrar a natureza. Os homens faziam sacrifícios em homenagem ao deus do trovão, ou deus da chuva. Ofertavam ao deus da colheita ou da caça. Percebe?
— O quê?
— A relação do homem com o mistério era somente a relação do homem com a natureza. Como a temiam, a divinizavam. E como bem disse Darwin: "A natureza não é boa nem má, é indiferente".
— Entendi.
— Mas, neste momento, é importante ressaltar que esse é o primeiro registro que temos de que houve de fato a manifestação dessa Potência nesse pequeno grupo de doze escravos cativos no Egito.

Carlos aponta novamente para a jarra de água.
Miguel prontamente serve e Carlos engole de uma só vez.
— Já está te gelando a espinha?
— Ainda não, senhor.
— Então, continuemos... A força dessa Potência é tamanha que o grupo de doze escravos apodrece em vida. Os documentos egípcios da época falam de um grupo de escravos leprosos ou doentes que foi expulso do Egito. Perceba, estamos em 1212 e doze são expulsos. Eles são lançados ao deserto, como ocorreria em breve também aos hebreus, depois de deixarem o Egito. Diz-se que o grupo, por não ter comida e porque eram raros os oásis, teria se alimentado de um maná que na verdade era o esperma dos machos da tribo dos doze. Note que eles sobreviveram e, assim, a Potência emanou desses hospedeiros para várias partes do mundo. Diz-se também que a possessão que eles sofriam era sempre de caráter sexual, a comunhão extática. Foi esse grupo que redigiu o manuscrito original do famoso "livro de capa preta".

Miguel tenta conter o bocejo, mas não consegue.

— Muito bem, dessa comunhão com a Potência geravam-se seres a que nós chamamos de espíritos mas que são na verdade criaturas intermediárias. Íncubo infernal! "Assim como o Espírito Santo entrou na Mãe de Nosso Senhor Jesus Cristo, cobriu-a com seu poder e encheu-a de santidade para que ela concebesse do Espírito Santo e o que nascesse dela fosse divino e sagrado, assim também o Diabo descerá sobre a mãe do Anticristo e a encherá completamente, a rodeará completamente, a possuirá completamente tanto por dentro como por fora, para que ele conceba através de um homem com a cooperação do Diabo, e aquele que nascerá será totalmente hostil, perverso e perdido."

— Me desculpe, dr. Carlos, essa história toda é muito interessante, mas eu não imaginava que iria ser uma revelação tão longa e didática. Desculpe a franqueza, mas eu estou realmente ficando com sono.

A decepção é visível no rosto de Carlos.

O embaraço e a melancolia.

— Muito bem, você quer que eu vá direto ao ponto, não é isso?

— Por favor. É que meu pai está doente e internado neste mesmo hospital, e eu não posso per...

— Ok! O Deus que a maior parte dos homens adora não é o deus da bondade. Essa coisa que você chama de "energia" nos considera igualmente mera energia. Nós somos a comida de que essa Potência se nutre. Nada mais. O verdadeiro Deus é o que a Bíblia declara como o caído. Nós vivemos do lado contrário! Nós amamos o Deus errado. E essa é a sabedoria do "livro de capa preta", e essa é a lição na metáfora de Adelaide! Quando Adelaide aceita tornar-se escrava sexual daquele santo, ela indaga: "Que Deus será o que adora esse homem? Porventura haverá outro Deus que não seja o meu?". E Adelaide ordena: "Me diz que Deus estranho é esse que tu adoras e que te obriga a renegar o meu?". E o santo Cypriano responde: "O Deus que adoro é Lúcifer, dos infernos". O pai da mentira é o que nos ilude! Lúcifer sempre disse a que veio! Entende, Miguel? Pitágoras era um xamã que evocava os espíritos dos oráculos apolíneos e o culto de Dionísio. O que foi Auschwitz? Você sabe o que de fato buscavam nos Julgamentos de Nuremberg? Eles queriam o nome da entidade que Hitler despertara. Em que Freud esbarrou ao pesquisar a sua psicologia das profundezas? Porque Freud, ao analisar o caso de Christoph Haizmann, em vez de considerá-lo um caso de obsessão, o julgou como um caso de possessão? O que você acha que Pascal viu na noite em que trocou a matemática por uma desesperada fé cristã? O que foi que M. C. Escher viu na mesma escuridão da noite?

Que me diz de *sir* Boehme? E de Johann Valentin Andréa? Fale de Michael Maier ou do coxo Daniel Coxe, ou então do *Espinhoso*. Miguel, fale de Jacques de Molay ou de Bernardo de Clairvaux e sua relação promíscua com Bafomé. Que me diz de Bafomé, Miguel?

Incrédulo, Miguel quase sorri.

Mas Carlos parece cada vez mais exaltado.

E segue aos berros:

— É de possessão que tratamos! "O meu caminho é o do desenvolvimento das possibilidades escondidas do homem. É um caminho contra a natureza e contra Deus." Que caminho é esse que a teosofia trouxe da Índia anunciando o novo messias Jiddu? Quem é Yehoshua nascido em Nazaré quatro anos antes de *Nosso Senhor*? O que levou Constantino em Niceia, em 325, a adotar essa fé? Por quantas moedas Kissel Mordechai serviu a um estranho senhor? E que me diz de Cáli, que colecionava cabeças, patrona dos tugues, seus coletores? Que estranho Deus é o teu, Miguel?

— Por favor, não grite, dr. Carlos, estamos num hospital.

Então, Carlos se transfigura e com os dentes cerrados prossegue:

— Nós estamos sob a regência do verdadeiro herege! Corte o seu pau, não podemos mais alimentar essa víbora! Essa é a guerra entre a contracepção e a vida! Por que você acha que as Inquisições queimavam aqueles que praticavam a sodomia? A Igreja é contra o uso da camisinha, é contra o homossexualismo, é contra todo método que não gere vida! Eles sabem do que o Deus deles se alimenta! Nós somos o prato principal desse cardápio medonho!

— Calma, dr. Carlos. Mas, se essa é a questão, então qual o problema em trepar com a Cibele?

— Imbecil! Será que você não entende?! Ela gera vida! Ela gera espíritos! Ela é mais uma de suas ilusões! Ela é Cibele, porra! Acorda, caralho! Quando você engravida uma mulher, você gera vida. Quando copula e não gera vida, você gera íncubos e súcubos.

Carlos espuma. Os olhos giram. Sua pele adquire um tom esverdeado.

Uma enfermeira e um médico entram às pressas.

— "Escutai e prestai atenção: a hora daquele grande dia de juízo está próxima, pois o Anticristo nasceu e foi gerado..."

O médico sinaliza para a enfermeira. Ela corre e prepara um tranquilizante intravenoso.

Entra outro enfermeiro. Nem com a ajuda dele o médico consegue imobilizar Carlos, que continua a blasfemar.

— *Exsurge, Deus, judica causam tuam!* "Arrenego de Deus e da puta que O pariu se foi parido!" Miguel! Miguel! Vai até Mogi das Cruzes ver o filho que tu geraste! Vai descobrir onde se funda a Babilônia, Miguel! Vai lá ver com teus próprios olhos! *"Venganza! Sobre el cuerpo muerto de Miguel se extiendan las alas negras de Satanás; sobre su cabeza y sus propiedades reinen los espíritus del mal. Sobre su familia las faltas recaerán!"* Vai, Miguel! Ama o teu Deus, o filho da mula, Babel! Babel! Vá beijar o cu de Cibele! Não é isso que ela sempre te pede? "Beija meu cu! Beija meu cu!" Miguel, tua Maria era a mula!

A enfermeira injeta com muita dificuldade o sossega-leão.

Carlos está em convulsão colérica.

Nada consegue detê-lo.

— *Olenta in pus, nigayao, negabus. Oleolaô merrinhô, merrinhô, nhô-o, nhô, nhô-o!* Miguel, estás aqui preso e atado, e não mais verás a luz do sol nem o baço clarão da lua. Fica, Diabo, Diabo, Diabo!

Miguel, desnorteado, sai do quarto andando de costas.

— Ave, Satanás! Ave, Satanás! Ave, Satanás! Hurra! *Postremus furor Satanae!* Eu sou Juliano, o Apóstata! Miguel, beija o meu cu! Beija o meu cu!

Ao deixar o quarto, Miguel pode ver o rosto de Carlos se transfigurar numa expressão bestial. A cabeça de Carlos vira de tal forma que parece torcida para trás. O som que sai pela garganta estrangulada é pavoroso.

— Vai, Miguel! Vai, beijador de cu! Esse é o teu Deus! Miguel! Miguel!

## IV

Pedro e Osvaldo amparam Miguel no funeral coletivo.
Miguel está sedado.
Miguel está dividido.
Miguel não compreende o que fez de seu mundo ruína.
Miguel já não sabe no que acredita.
Miguel se move de forma letárgica.
As vozes que ouve soam metálicas.

Só há um porto seguro.

Miguel acena aos amigos que insistem em acompanhá-lo.
— Eu preciso ficar só.
Miguel entra no Uno amassado. Naturalmente o segurança não aceitou o presente.
Ele sabe que Miguel é polícia.
Miguel dirige como se o carro estivesse sendo guinchado.
Em torpor até aquela estranha morada de número 72.

Espera Cibele na sala.
Enquanto espera, lembra a confidência que Pedro lhe fez como que para minimizar sua dor.
A surpresa que Pedro guardara. O presente que só um grande amigo poderia lhe dar.

Augusto não estava no terrível funeral da família. De toda a família.

Um jovem senhor deixa o quarto de sua amada-menino.

Sem alfinete algum na lapela.

Cibele dá a face a Miguel.

Miguel beija.

E se deixa levar para o quarto
da casa assombrada
por pensamentos
e atos.

V

Miguel abre a porta do apartamento. Entra empurrando o pai na cadeira de rodas.

O pai que agora não fala e não anda.

Miguel afasta a velha poltrona, cadeira do papai, substitui o vazio com o novo e talvez provisório trono.

Liga a TV e se acomoda do lado direito.

Ninguém fala.

Um casal de avental
rala cenouras,
sem graça.

O telefone
toca,
toca,
toca.

Não há ninguém
que queiram
atender.

Anoitecem na penumbra.

Iluminados pelo aparelho que vende imagens estroboscópicas.

Miguel vai para a cozinha e prepara uma sopa Knorr de aspargos.
Apanha fatias do pão de forma vencido na data do AVC.
Com um único prato e uma única colher, pai e filho dividem o jantar.
Logo o pai adormece e Miguel atravessa a noite velando a TV.

## VI

Miguel abre a porta e dá passagem a Pedro.
Pedro acompanha Miguel até o velho Joaquim.
— Como vai o senhor?
O velho ergue a sobrancelha como se dissesse: Eu nunca estive tão fodido em toda a minha vida.
— E você? — pergunta a Miguel.
Miguel ergue a sobrancelha como se repetisse as palavras do pai.
— Vamos para a cozinha, vou passar um café.
Pedro o segue.
— E então, vamos resolver aquela parada hoje?
— Acho que é melhor. Vamos encerrar esse assunto.
Miguel olha para a panela com a água que botou para ferver.
Pedro segue o olhar de Miguel. Permanecem assim até parte da água se transformar em vapor.
— Quando você pretende voltar para a delegacia?
— Não sei.
— O pessoal está sabendo da fase braba que você está enfrentando, fique tranquilo que nós seguramos as pontas.

— Ih! Tá fraco.
— O cheiro tá bom.
Miguel ergue contra a luz o copo de geleia de mocotó.
Depois dá um gole.
Serve Pedro.
E pela força do hábito grita da cozinha:
— O senhor vai querer café, pai?
Quando recebe o silêncio, rapidamente vai até ele.
Mas o velho faz não com o dedo da mão esquerda.
O lado bom. O que restou.
— Olha que o café está gostoso, seu Joaquim. Não vai querer nem um golinho? — Pedro tenta animar o velho.
O velho faz não para Pedro.
Miguel e Pedro tomam café na sala, repartindo o silêncio de Joaquim.
Depois levam os copos até a pia.
— Vamos nessa?
Miguel pensa um pouco.
Depois balança a cabeça no seu jeito de dizer sim.
Beija a testa do pai.
— Eu combinei com a Justina, ela vem ficar com o senhor. Eu não venho dormir em casa, mas já falei com ela e ela disse que vai dormir aqui. Eu volto pela manhã. Qualquer coisa, pede para ela ligar no meu celular.
— Até logo, seu Joaquim. Estimo suas melhoras. Fica com Deus.
O velho ergue a sobrancelha.
Miguel tranca a porta.
Pedro olha a ema como se procurasse entender a sua função no corredor do prédio.
Esperam o velho e barulhento elevador.
Descem.
Saem do prédio.

Atravessam a rua.

Entram no Opala de vidro fumê.

— O Osvaldo disse que quer ir junto, será que ele aguenta?

— Onde está o Augusto?

— Tá longe. Tá lá no Jardim Pantanal. Maloquei ele na casa de um chegado. Ele está sendo muito bem tratado.

— Onde fica isso? Jardim Pantanal?

— É no fim do Itaim Paulista, na divisa com Mogi.

— E por que o Osvaldo quer ir junto?

— Ah! Fui eu que chamei. Ele vive pedindo pra gente contar histórias... Então eu perguntei se ele não queria ir e ver com os próprios olhos. Ele topou.

## VII

O Opala estaciona na frente da garagem de um casebre com blocos de tijolo baiano aparente.

Às margens do rio Tietê.

Descem os três.

— Ô Osvaldo, vê se não amarela. Se não quiser ver, então fica no carro.

Enquanto Pedro dá a dura em Osvaldo, Miguel observa a região descampada.

Pedro bate palmas.

Surge na porta um homem do tamanho de um boi.

— Fala, figura!

— Quem são esses caras? — Bitola pergunta desconfiado.

— Esse é o Miguel, de quem eu falei, e aquele é o Osvaldo, um *brother* nosso.

— Pessoal, esse é o Bitola. Bitolinha para os íntimos, não é não?

— Firmeza.
— Cadê o cabra?
— Você tem uma pá? — interpela Miguel.
— *Tem*.
— Você poderia trazer a pá e o fulano?
— Não quer fazer o serviço lá dentro, Miguel? — indaga Pedro.
— Não. Vamos levar ele lá naquele barranco.
— O *dotô* é delegado?
— Não, eu sou investigador, como o Pedro.
— *Num qué entrá* pra dar uma amaciada nas carnes?
— Não, obrigado. Pode trazer ele pra nós, por favor.
— Eu garanto que o Bitola já deu uma boa amaciada, não é mesmo, Bitola? — pergunta Pedro.
— Porra! O cara tem um cuzinho apertado que só vendo.
Todos riem, com exceção de Miguel.
Osvaldo ri mais que o necessário, por causa do nervoso.
— Eu vou *buscá* a donzela.
Miguel acende um cigarro.
Osvaldo procura esconder o tremor.
Pedro parece tranquilo.
Augusto surge.
A cara toda estourada.
De minivestido vermelho. Descalço.
Com as mãos amarradas para trás e um meião de futebol enfiado na boca.
Seu olhar é de terror.
Bitola traz a pá.
— Tira a meia da boca dele, Pedro — pede Miguel.
Bitola adverte:
— Se *gritá*, eu fodo sua boca de novo!
Pedro retira a meia.
Augusto começa a ladainha:

— Pelo amor de Deus, não façam isso comigo! Eu imploro! Eu faço o que vocês quiserem...
Bitola ri e manda a piada:
— Tá vendo? Ele *pegô* gosto! Tá pedindo pra *dá*.
— Pelo amor de Nosso Senhor Jes...
Pedro enfia a meia de volta.
Miguel começa a andar em direção ao descampado.
Osvaldo amarela e entra no Opala.
O mijo escorre pelas pernas de Augusto.
— Ih! *Caraio*, só falta *cagá*.
Miguel desamarra as mãos de Augusto e entrega a pá.
— Cava.
Pedro emenda:
— Capricha, que é pra você mesmo.
Augusto, desesperado, treme, chora, tira a meia da boca.
E fala fino:
— Gente, não faz uma coisa dessas comigo...
Miguel fala com firmeza:
— Cava e cala a boca.
Augusto choraminga baixinho.
Enquanto cava.
— Quando eu era menino, eu vi um cachorro morto num campinho perto de casa. Todos os dias eu ia lá e acompanhava a sua decomposição. Até ficar só o osso. Até hoje eu não me perdoo por não ter enterrado o pobre animal.
Miguel acende outro cigarro.
Pedro sustém um sorriso na boca.
Augusto cava.
Osvaldo no carro, pálido, faz uma dissimulada oração.
— Chega? — pergunta Pedro.
Miguel concorda, e passa para Bitola o fio de varal que amarrava as mãos de Augusto.

Bitola ata as mãos de Augusto para trás.
Miguel empurra Augusto de bruços na cova que ele mesmo cavou.
Depois começa a enterrá-lo.

— Uma vez eu perguntei para o Osvaldo qual era a opinião dele sobre a pena de morte, sabe o que ele falou? — indaga Miguel.
Bitola faz não com a cabeça.
— Não, o quê? — pergunta Pedro.
— Ele falou que era contra. Ele disse que nas Inquisições a Igreja não podia derramar sangue. Nem matar. Por isso ela entregava as vítimas ao fogo. Eu acabei ficando contra a pena de morte. Eu também acho que não se deve matar. Tem que enterrar vivo. Entregar para a terra.

Todos riem.
Até Miguel.
Riem enquanto Miguel continua
a jogar terra
na cova.

Lourenço Mutarelli nasceu em 1964, em São Paulo. Publicou diversos álbuns de quadrinhos, entre eles, *Transubstanciação* (1991) e a trilogia do detetive Diomedes: *O dobro de cinco*, *O rei do ponto* e *A soma de tudo I e II*. Escreveu peças de teatro — reunidas em *O teatro de sombras* (2007) — e os romances *O cheiro do ralo* (2002; adaptado para o cinema), *Jesus Kid* (2004), *O natimorto* (2004; adaptado para o cinema em 2008) e *A arte de produzir efeito sem causa* (2008), os dois últimos publicados pela Companhia das Letras.

Copyright do texto e das ilustrações © 2009 by Lourenço Mutarelli

*Grafia atualizada segundo o Acordo Ortográfico da Língua
Portuguesa de 1990, que entrou em vigor no Brasil em 2009.*

Projeto gráfico
Kiko Farkas e Mateus Valadares/ Máquina Estúdio

Ilustrações
Lourenço Mutarelli

Preparação
Márcia Copola

Revisão
Arlete Zebber
Lucas Puntel Carrasco

Os personagens e as situações desta obra são reais
apenas no universo da ficção; não se referem a pessoas e fatos
concretos, e não emitem opinião sobre eles.

Dados Internacionais de Catalogação na Publicação (CIP)
(Câmara Brasileira do Livro, SP, Brasil)

Mutarelli, Lourenço
  Miguel e os demônios — ou Nas delícias da
  desgraça/ Lourenço Mutarelli — 1ª ed. — São Paulo :
  Companhia das Letras, 2009.
  ISBN 978-85-359-1532-7
  1. Romance brasileiro I. Título. II. Título: Nas delícias
  da desgraça.

09-08122                                    CDD-869.93

Índice para catálogo sistemático:
1. Romances: Literatura brasileira           869.93

[2021]
Todos os direitos desta edição reservados à
EDITORA SCHWARCZ LTDA.
Rua Bandeira Paulista, 702, cj. 32
04532-002 — São Paulo — SP
Telefone: (11) 3707-3500
www.companhiadasletras.com.br
www.blogdacompanhia.com.br
facebook.com/companhiadasletras
instagram.com/companhiadasletras
twitter.com/cialetras

Esta obra foi composta pela Máquina Estúdio
em Janson Text e Aaux e impressa
pela Geográfica em ofsete sobre papel
Pólen Bold da Suzano S.A. para a
Editora Schwarcz em junho de 2021

A marca FSC® é a garantia de que a madeira
utilizada na fabricação do papel deste livro
provém de florestas que foram gerenciadas
de maneira ambientalmente correta, social-
mente justa e economicamente viável, além
de outras fontes de origem controlada.